La mala costumbre de la esperanza

La mala costumbre de la esperanza

Una novela de no ficción
sobre un violador confeso

BRUNO H. PICHÉ

Prólogo de Sergio González Rodríguez

LITERATURA RANDOM HOUSE

La mala costumbre de la esperanza

Primera edición: abril, 2018

D. R. © 2018, Bruno H. Piché

D. R. © 2018, derechos de edición mundiales en lengua castellana:
Penguin Random House Grupo Editorial, S. A. de C. V.
Blvd. Miguel de Cervantes Saavedra núm. 301, 1er piso,
colonia Granada, delegación Miguel Hidalgo, C. P. 11520,
Ciudad de México

www.megustaleer.mx

ISBN: 978-607-316-560-0

Impreso en México – *Printed in Mexico*

El papel utilizado para la impresión de este libro ha sido fabricado a partir de madera procedente
de bosques y plantaciones gestionadas con los más altos estándares ambientales, garantizando
una explotación de los recursos sostenible con el medio ambiente y beneficiosa para las personas.

Penguin
Random House
Grupo Editorial

A la memoria de Sergio González Rodríguez

Siempre demasiado impacientes por el futuro, adquirimos
la mala costumbre de la esperanza.
Siempre hay algo que se acerca, cada día
decimos *Hasta entonces*,

desde un acantilado observamos cómo se aproxima
la ínfima, nítida y centelleante flota de promesas.

PHILIP LARKIN

Prólogo

En México, y en otras partes de América Latina, se vive una saturación de realidad producto del choque brutal entre las expectativas de mejoría colectiva y la degradación de las instituciones políticas.

Desde el entrecruzamiento que une la literatura y el periodismo, dicha circunstancia ha demandado retóricas y enfoques distintos para comprender lo inmediato. *La mala costumbre de la esperanza* de Bruno H. Piché ofrece una propuesta excepcional de tipo literario-periodístico para descifrar las asimetrías que enfrentan los ciudadanos de ascendencia mexicana en Estados Unidos de América y su raíz anglosajona, blanca y protestante, su fe intolerante y xenófoba.

En tal enclave aquella saturación de realidad, que refleja el déficit cultural y político de los migrantes e hijos de migrantes, su necesidad de supervivencia y horizonte vital, y su desencuentro cotidiano con la entereza del *american way of life,* condena a los más marginados entre ellos a encarnar el estereotipo del extraño indeseado.

El resultado de dichos factores expone el drama de un desgarramiento que permea toda frontera y recala en lo más personal, como lo ejemplifica el caso de Edward Guerrero, convicto de ascendencia mexicana encarcelado desde su adolescencia por cometer tres violaciones a mujeres jóvenes en 1971, y del que se ocupa en su libro Bruno H. Piché.

En el centro de la estrategia creativa de *La mala costumbre de la esperanza* se hallan dos ejes: el primero es de tipo formal, y se refiere al cuestionamiento inherente al modelo anglosajón de novela testimonial o de género *non fiction* (Truman Capote *dixit*); el segundo alude a la oportunidad de remontar los contenidos de coyuntura informativa o noticiosa para ampliar el relato de hechos hacia una reflexión trascendente en torno de la geopolítica cultural de Estados Unidos de América.

Si se contrasta el acercamiento de tema y personajes de *La mala costumbre de la esperanza* con las dos obras canónicas de la narrativa anglosajona de tipo carcelario, *A sangre fría* de Truman Capote y *La canción del verdugo* de Norman Mailer, la lectura descubre de inmediato la negativa, por parte de Bruno H. Piché, a imponer el ego del narrador por encima del relato y su protagonista específicos.

Tanto Capote como Mailer hicieron de su tarea literario-periodística un pretexto para reafirmar la empresa profesional y editorial de colocar en el mercado sendas obras que, además de traducir su empeño artístico y talento expresivo, ganaran una batalla en la pugna por el prestigio en el mundo de las letras de habla inglesa.

Para hacerlo, Capote disputó con sus protagonistas (Perry Smith y Richard Hickock) la escritura de su testimonio en términos privados y mercantiles. Algo semejante hizo Mailer con Gary Gilmore. Ambos narradores hicieron de aquel trance una gesta de su egocentrismo.

Bruno H. Piché elije una alternativa ética a tal trayecto: establece un diálogo lo más igualitario posible respecto de su personaje, Edward Guerrero, sin perder de vista el foso que los une, la libertad del narrador y el encierro del mexicano-estadounidense al que retrata.

En ese umbral, donde el testimonio surge a partir de la condición de recluso de Guerrero, el escritor asume el peso de las diferencias entre ellos y busca el espejo invertido de su propia personalidad, aquejada por el mal depresivo. Se requiere valor y lucidez ejemplares para dejar atrás la idea de la supremacía de quien está fuera de la cárcel y confrontar su propia adversidad en lo cotidiano.

La estrategia narrativa se vuelve así un destino compartido, sobre todo porque Guerrero, al contario de los personajes de Capote y Mailer, es un firme creyente en las posibilidades redentoras del sistema penal de Estados Unidos, que, en un infortunio irónico, le ha negado una y otra vez la libertad ansiada, a pesar de su buena conducta como recluso durante más de cuatro décadas.

La desgracia del aspirante a ser redimido por el código político, judicial y cultural de Estados Unidos, cuya cerrazón traza el círculo de la xenofobia anglosajona, blanca y protestante, ofrece a *La mala costumbre de la esperanza* el segundo eje narrativo, que consiste en ver cómo afecta la vida familiar, comunitaria, generacional y personal de los migrantes, aquel conjunto de símbolos, mitos, imágenes y estereotipos del extraño indeseado en Estados Unidos, lo que identifica el peso de una sociedad con predominio histórico que se refrenda cada día frente a las diferencias culturales desde dentro hacia fuera de su territorio nacional.

Ninguna candidez por parte de una presunta moral liberal subyacente a la cultura estadounidense puede borrar dicha certeza.

El relato de *La mala costumbre de la esperanza* está articulado con un juego de alternancia entre la voz de Guerrero y la del narrador que lo interpela. El registro subjetivo de los dos es a su vez completado por apuntes descriptivos de espacios, atmósferas, memorias y contrastes reflexivos, e implican una combinatoria que abre dimensiones críticas.

Como un contrapunto, a veces aleccionador, a veces desconcertante, el narrador extrae de sus lecturas versos, párrafos, ideas de escritores célebres que enriquecen el tejido narrativo.

Entre ellas, hay una de Adam Zagajewski que podría sintetizar el contenido del libro: "Vivimos en un abismo. En las aguas oscuras. En el resplandor". O bien, esta otra de Dylan Thomas: "no entres sin batalla en la noche oscura".

Bruno H. Piché reproduce a lo largo del relato los documentos judiciales que, en su escueto e impersonal lenguaje, trazan la fatalidad de Guerrero y la representación de la Ley que adelantó Franz Kafka: un proceso se convierte poco a poco en sentencia pronunciada de antemano.

La mala costumbre de la esperanza constituye una novela testimonial de calidad fuera de lo común escrita a dos voces en una convergencia insólita que muestra los rostros del exilio: la expulsión de sí mismo por parte de quien, desde joven, asumió un destino coaccionado hasta terminar en el universo carcelario; y la diáspora de quien registra tal voluntad como una forma de interrogación íntima a través de la renuncia al conformismo ante su vida. Dos rebeldías de rango distinto pero con desenlace parejo en la soledad y, al mismo tiempo, inmersas en la sencillez más vital y expectante.

Cuando en tiempos difíciles como los actuales se publican libros necesarios y oportunos, como lo es *La mala costumbre de la esperanza*, la literatura y el periodismo alcanzan su mayor dignidad, y cada lector de ellos adquirimos una deuda de gratitud imperecedera con sus autores.

SERGIO GONZÁLEZ RODRÍGUEZ

LA MALA COSTUMBRE DE LA ESPERANZA

En el momento en que Edward Mitchell Guerrero entró en la sala de visitas de la cárcel de Lakeland —uno de esos días típicos del final del verano e inicios del otoño en que las hojas de los árboles mutan del verde a los púrpura y escarlata encendidos, exaltados—, al observarlo de pies a cabeza, con expresión que no sabría definir si de asombro o sorpresa o ambas, y tenerlo frente a mí, al hombre a quien el Juez Joseph R. McDonald sentenció el 31 de octubre de 1972, cuando el acusado apenas contaba con diecisiete años de edad, no me quedó la más mínima duda acerca del lugar en donde este hombre atlético, delgado, de maneras suaves, ligeras y amigables, piel morena y expresión increíblemente jovial dadas las circunstancias, había pasado la mayor parte de su vida.

En unos días más, Edward Guerrero cumplirá sesenta y dos años de vida, cuarenta y cuatro de ellos recluido en un variopinto mosaico representativo del sistema penitenciario del estado de Michigan, que, desde hacía cinco, lo había llevado hasta el recinto llamado Lakeland —nivel de seguridad II, es decir moderada en una escala de I a V, ubicado en las cercanías de Coldwater, el típico pueblo grande y anodino de Michigan, Estados Unidos de América.

En unos días más, yo mismo cumpliré un par de años más que el tiempo que Guerrero ha visto pasar encerrado en prisión.

Le extendí la mano y me presenté. No le dije que, caso contrario al suyo, yo mismo no tenía la más remota idea de dónde había estado metido, allá afuera entre los libres, por así llamar a quienes no hemos vivido ese trance de efecto fulminante, implacable y brutal en el carácter de cualquier hombre: más de cuarenta años de cárcel, algo más que las tres cuartas partes de su vida. Cadena perpetua, *Life Sentence*: el tiempo suficiente para enloquecer a cualquiera.

Quienes vivimos "libres" subestimamos sin el menor cuidado algo demasiado serio: la resiliencia de alguien como Edward Guerrero.

Nuestra propia resiliencia.

Al verlo sonreír como solamente sonríe quien ha tocado fondo y ha sido expulsado con violencia hacia la superficie, eliminando con ello cualquier distinción espacio-temporal entre ambas, quise llorar por su vida, cosa que él a todas luces no necesitaba, y por la mía también: por una infancia erosionada con el paso de los años, por la carencia de recuerdos a los cuales asirme y por la presencia muchas veces aplastante y arrolladora de una memoria, más reciente, jodida y selectivamente sembrada de dolor, de sufrimiento personal, de desorientación, de la depresión y la angustia con que se han cebado sin miramiento al menos los últimos cinco, seis, siete, ocho, casi había dejado de importar el número de años de mi propia vida, depresión y angustia, las cuales jamás consideré materia digna de interés literario alguno, ni siquiera para mí —mejor dicho sobre todo para mí—, convertido con los años en un saco de boxeador, acostumbrado a recibir y amortiguar como mejor puedo los golpes que, no resulta necesario sospecharlo, serían apenas una brizna de viento que pega fresca sobre el rostro del hombre de casi sesenta y dos con quien conversé largo y tendido, aquella primera vez, en una cárcel refundida en los espesos bosques de Michigan, acerca de la justicia o, mejor dicho, de las intrincadas formas —el poeta en reclusión psiquiátrica Leopoldo María Panero escribió: "La vida es una sombra que se enreda contra otra sombra"— en que la justicia, al parecer inevitablemente, engendra injusticias.

No todo es gris en otoño. También hay días radiantes. Días de un sol que, de no ser por el crujiente frío que todo lo envuelve, podríamos llamar expansivo.

Ahora quiero hablar del soleado día de finales de otoño —a sabiendas que no terminaré de escribir esta historia antes de que concluya el largo invierno— en que me reuní a almorzar con los abogados Larry Margolis y Brad Thompson en Zingerman's, la célebre cafetería y *delicatessen* ubicada en el *downtown* de la ciudad de Ann Arbor, en realidad no más de cinco cuadras pobladas de pequeñas oficinas de diseñadores, *boutiques* y otros negocios de emprendedores, esa cara feliz del post-capitalismo que parece funcionar, o al menos sobrevivir, a un nivel muy local, a diferencia de los grandes almacenes de cadena que son los mismos en cada ciudad, no importa el tamaño de la misma, a lo largo y ancho de Estados Unidos. Me refiero a esas gigantescas tiendas departamentales despersonalizadas, los *malls*, idénticos lo mismo en Michigan que en Texas o Nevada, que le dan un cierto aire soviético a este país gracias al efecto de repetición y homogeneización que cubre con su manto el vasto territorio de Estados Unidos de América.

Ann Arbor es conocida, me dicen que mundialmente, por albergar a la universidad de Michigan, una de las instituciones educativas más prestigiosas y representativas del estado. Sin embargo, cuando la gente habla de la universidad en Ann Arbor, la mayoría de las ocasiones se alude al equipo de futbol americano, los Wolverines; de hecho ésa es la referencia principal que la gente en todo Michigan tiene, y la hace patente gracias al despliegue de la infinita parafernalia del equipo azul: camisetas, sudaderas, estampas y colgantes para automóviles, banderas, vasos, tazas, piyamas, probablemente calzones para el caballero hincha y sostenes para la dama aficionada de corazón. Al parecer, el futbol colegial en estos pagos representa una de las pocas cosas que levantan la pasión de la gente, incluidos aquellos quienes apenas terminaron la educación básica y jamás pusieron un pie en la universidad, de Michigan o cualquier otra en el estado.

Era la primera vez que visitaba Ann Arbor, a menos de un año de haberme instalado a vivir en el suburbio de Detroit en el que vivo; sólo los valientes o quienes viven de planta fuera de la ley radican en Detroit, una ciudad que es a la vez un cementerio urbano y un gigantesco y peligroso arrabal, con excepción del renaciente *Downtown*, donde la gente pasea atareada y con la vista clavada en sus teléfonos móviles, como en una imagen petrificada.

"La vida", escribió Pedro Salinas en un verso sepultado por el paso del tiempo, "es lo que tú tocas".

Las vidas que tocan los abogados Larry Margolis y Brad Thompson suelen ser vidas resquebrajadas, sujetas a presiones indecibles, inimaginables, sanguinolentos y abatidos nudos de nervios casi imposibles de volver a ordenar. En este caso, como un favor especial derivado de coincidencias en nuestros respectivos trabajos, en esencia los casos de inmigrantes mexicanos, Larry y Brad me habían ofrecido manejar el par de horas que se requieren para llegar hasta el pueblo de Coldwater y entrevistar a Guerrero en la prisión de Lakeland.

Un favor que me habían prometido y cumplido, no sobra decir que es en un país donde los abogados cobran con reloj en mano y donde la llave de acceso a sus oficinas suele ser un buen fajo de billetes de alta denominación.

Una media docena de jóvenes camareros, muy probablemente todos ellos estudiantes universitarios, circulaban como hormigas entre las mesas de Zingerman's. Mientras esperábamos que alguno de ellos apareciera con nuestra orden de emparedados, la conversación flotó naturalmente hacia chismes y bromas propias de abogados: Larry habló de un leguleyo especializado en casos de migración, conocido por cargarle la mano y engañar abiertamente a sus clientes, al parecer al viejo zorro le había llegado la hora pues había cometido alguna tontería, no recuerdo si se trataba de otra simple estafa o una felonía mayor, pero esta vez había acabado siendo enjuiciado, sentado en la silla de los acusados. No recuerdo cuán graves eran los cargos, pero en el recuento de Larry le echarían varios años encima al pobre diablo, ya era hora, ya había estado bueno de tanta estafa y embuste que por sí mismos hundían aún más la dudosa reputación de la profesión de abogado.

Larry dijo esto no sin cierta sorna, como quien se escandaliza pero al mismo tiempo celebra, no sin cierto humor negro, la desgracia ajena, así se trate de un pillo atrapado infraganti. De ahí la conversación derivó brevemente en Edward Guerrero.

Acerca de tu hombre, dijo Larry, en un caso como el suyo la demostración de remordimiento resultaba fundamental en una entrevista con la Junta de Indultos, y que Edward parecía no demostrarlo con suficiencia. Le pregunté cuáles eran los parámetros para medir algo tan subjetivo como el remordimiento. Son varias entrevistas, respondió Larry, la primera de ellas es uno a uno con un miembro de la Junta. Si tiene suerte, pasa a otra entrevista con el resto de integrantes de la Junta, los miembros tienen todo el expediente, conocen todos los detalles del crimen, es ahí donde tu hombre, me parece, tiene problemas, concluyó Larry, dejándome igual de confundido.

Busqué mayor claridad en Brad, un tipo discreto, rubio a morir, descendiente de siete generaciones de cuáqueros que se limitó a hacer algunos comentarios que, me parecieron, sostenían la versión de Larry. Luego pasó a platicarnos la mezcla de gusto y ansiedad que le provocaba tener nada menos que a Miss Michigan como voluntaria en su bufete, Larry parecía jactarse, precisamente, de la condición de pillos potenciales de la que gozan todos los abogados en Estados Unidos. Hizo alguna broma al respecto que he olvidado.

Dice la leyenda, seguramente inventada por él mismo, que Truman Capote recordaba con la mayor exactitud y precisión el noventa y cuatro por ciento de todas las conversaciones que sostenía. A saber qué hacía o adónde iba a dar el seis por ciento restante.

Yo dependo de dos fuentes, mi cuaderno de notas y aquello que, por una razón u otra, se fija entre los pliegues de mi memoria.

Regreso a mis escasas notas de aquel encuentro con Larry Margolis y Brad Thompson para traer a cuento el tema de Edward.

Escribí: Almuerzo con Margolis y Brad. Me dieron su impresión acerca del caso de EG, lo ven complicado, dicen que al relatar el crimen, las violaciones, pueden darse cuenta de que EG no elabora ni habla con suficientes detalles, de hecho los evita, por ejemplo abunda demasiado en su rol de líder del grupo y el tema del consumo de drogas, etcétera.

Después de tocar breve pero decisivamente, como se puede leer de mis notas, el asunto de Edward Guerrero, los chismorreos y bromas privadas entre Larry y Brad continuaron un cuarto de hora más, tras lo cual nos despedimos con fuerte apretón de manos a las puertas del célebre Zingerman's.

Caminé de regreso a mi automóvil con la sensación de estar flotando en medio de una grieta por la que entraba también el rayo del sol otoñal que separa el día de la noche en Michigan; sentí, no sin cierta confusión, que cruzaba por mitades idénticas las aceras sobre la que caminaba, observándome a mí mismo como partido en dos, colándome por la apenas perceptible hendedura que desquicia cualquier sentido mínimamente íntegro, no ambiguo ni sujeto a falsos velos, de la verdad y la justicia.

Con el paso de los años he aprendido, a punta de patadas, unas más fuertes que otras pero siempre certeras patadas, a limar los filos más molestos e incómodos de nuestra realidad más inmediata y procaz: me refiero a la edad, a la soledad, a la abominable repetición de los días, a las rutinas con que llenamos ese ciclo que empieza y termina y vuelve a empezar cada veinticuatro horas, al recuerdo de un amor malogrado, al fantasma del final de una amistad. Hablo de las puntas más afiladas, estrellas ninja del dolor, de cualquier especie de dolor. Todo lo limamos con el tiempo. Con el paso del tiempo. De lo contrario sería imposible vivir —si ya de por sí está cabrón, imagínense como sería si estuviéramos obligados a portar en un eterno tiempo presente las heridas que con frecuencia nos obstinamos en recoger del piso, de un tiempo pasado que ya no es pero que, por una especie de obscena pulsión, nos damos gusto trayéndolo de vuelta.

Me levantó de la silla y extraigo del librero el delgadísimo volumen con la traducción de José Emilio Pacheco a *Los cuatro cuartetos*. Busco y encuentro la célebre cita de "Burnt Norton". Escribe T. S. Eliot: "Váyanse, váyanse / dijo el pájaro: el género humano / No puede soportar tanta realidad".

Trabajo en este libro, una novela sin ficción acerca de una historia que cayó en mis manos por mero azar. Podría argumentar que, dado mi trabajo en la oficina, la historia de Edward Guerrero iba a caer tarde o temprano en mis manos.

O quizá no.

Quizá mi arribo a Detroit, ciudad devastada, ciudad inexistente, y mi posterior establecimiento en un lugar no menos nebuloso, un suburbio llamado Royal Oak donde esperaba encontrar cierta paz después de una temporada infernal en mi vida y donde, a mi pesar, vine a hallarme solo y enfermo como nunca lo había estado antes, todo ello, decía, me puso en manos de la realidad, sin importarle a la realidad lo que yo pensara al respecto: el caso de Guerrero llegaba a mí sin más, como una enfermedad autoinmune, como la diabetes tipo 1 que contraje cinco meses después de mi llegada a Royal Oak, que casi me manda a dormir la siesta eterna y que me tiene enganchado a una inyección de insulina tres veces al día para seguir vivo.

Mientras transcribo los versos de Eliot, suena en la radio en línea un jazz improvisado, con giros demenciales, no placenteros, no para mí, pero es la hora del jazz en la BBC. Busco otras opciones. Contra lo que muchos escritores afirman, yo necesito música a bajísimo volumen, un noticiero, cualquier rumor de fondo para concentrarme por lapsos más bien cortos, para darme como pueda a la tarea de trabajar. Mis días de oficina están hechos de murmullos y una mínima bulla, así que no me viene mal una cortina auditiva que, como sea, voy rasgando con cada palabra que escribo.

Sigo trabajando. Después de una jornada de oficina, intento arrancarle la pulpa a lo que queda del día.

Afuera hace frío.

Por ahora yo tampoco tengo adónde volar y, en efecto, es difícil soportar tanta realidad sin someterla a la ardua labor de los pajarracos que la picotean desfigurándola para volverla, por paradójico que parezca, más aceptable; en cierta forma, una realidad más creíble cuando se ve reducida en su grado de veracidad que cuando volteamos a verla en estado puro y bruto —operación que, ya nos lo advirtió el poeta, ni es posible ni nos conviene del todo.

El día veintiuno de mayo de 1972, Edward Guerrero se declaró culpable de tres delitos de violación sexual. Los cargos originales que se le imputaban ante la Corte de Circuito del Condado de Saginaw, estado de Michigan, incluían asimismo la comisión de otros crímenes: tres cargos por robo a mano armada y tres cargos más por secuestro en incidentes ocurridos el 20 de octubre, el 21 de octubre y el 30 de octubre de 1971. En una de esas intrincadas —y en apariencia caprichosas— negociaciones entre la fiscalía y la defensa, los cargos adicionales, robo a mano armada y secuestro, fueron retirados al declararse culpable de los tres delitos de violación y recibir a cambio tres sentencias de cadena perpetua con derecho a indulto, *Life with Parole* en la jerga legal estadounidense.

Guerrero fue arrestado y puesto bajo custodia temporal en la prisión del Condado veintidós días después de haber cumplido diecisiete años, edad suficiente en Michigan para recibir el trato judicial y la condena correspondiente a la de un adulto. Con él fueron arrestados Martin Vargas, también de diecisiete años de edad, y tres muchachos considerados como menores infractores, es decir menores de diecisiete y por lo tanto no sujetos al proceso judicial propio de un mayor de edad: Jose Garcia, Felisiano Chacon Jr. y Rudolfo Martinez.

Con excepción del primer incidente de secuestro y violación, en el cual Edward Guerrero actuó solo, en cada uno de los delitos restantes participaron, con variantes en los actos delictivos cometidos, Garcia, Chacon Jr. y Martinez.

En cartas dirigidas a autoridades varias, incluyendo una al presidente Barack Obama, Edward Guerrero no niega en ningún momento la "vileza" y el "daño infligido" a sus víctimas.

Desde mi primera entrevista con él a finales del otoño en Lakeland, la cárcel del poblado de Coldwater en la que se halla preso desde hace al menos cinco años, Guerrero ha asumido sin tapujos su responsabilidad en los crímenes que cometió hace casi medio siglo, cuarenta y cinco años para ser exactos. Las veces que me ha hablado de los hechos —me refiero a haber cometido no una, sino tres violaciones en un espacio de once días— Edward, un veterano del sistema correccional de Michigan sin nada que perder, invariablemente ha subrayado, levantando ambos brazos como si quisiera envolverme con la verdad, su verdad, que él no puede ni tiene otra opción que la de ser transparente. Es cierto que en nuestras conversaciones pocas veces ha abundado en los detalles de los crímenes por él cometidos, sin embargo en ningún momento, al menos así me lo ha parecido, Guerrero ha tratado de mitigar la gravedad que sus acciones ocasionaron. Me ha hablado sin tapujos de la suerte del brutal *blitzkrieg* de ácidos, *speed*, algo de mezcalina, al que se sometió y que le hicieron perder el juicio en esos once días de vorágine delictiva que, a diferencia de dos de sus compinches, él sigue pagando a la fecha.

La voz de gladiador, segura de sí, de trazo perspicuo, por así decirlo, resoluto, que le escuché varias veces por teléfono se corresponde pulgada por pulgada con la estatura de Willis X. Harris, presidente de la Asociación de Condenados a Cadena Perpetua de Michigan. En una de sus cartas, Edward Guerrero me había dado su referencia, instándome a hablar con él, cosa que hice en un par de ocasiones, básicamente para agendar una entrevista con él en un día y una hora mutuamente convenientes.

Conozco personas altas. Por ejemplo a los escritores Guillermo Fadanelli y Juan Villoro, quienes ven y recorren el mundo desde sus más de un metro con noventa centímetros. Pero nada, excepto cierta intuición a partir de la voz profunda de barítono, me preparó para conocer a un gigante humano aquel sábado cruzado de violentas ráfagas de viento, anunciando el tipo de nevada que abonan a la pésima fama de Motor City, Detroit.

Ya he dicho que había percibido en Willis Harris un cierto tono decidido y resuelto en su voz. Con tono marcial me dijo que le hablara por teléfono cuando estuviera a las puertas de su domicilio, ubicado —boberías urbanas— en la calle Willis, número 665, Suite B1, para más señas.

Entendí el porqué.

El tablero de timbres eléctricos del edificio donde reside Willis Harris está completamente destrozado, como desfigurado por los rayonazos de cuchillos juveniles, ocio de pandillas.

Hacía un frío de la chingada, y mi anfitrión tardaba en llegar.

En cuanto Harris Willis abrió la puerta y pude mirarlo en toda su altura, de los pies a la cabeza, también entendí el porqué.

El coloso en cuestión, afroamericano como la mayor parte de los residentes de Detroit, sostenía su alucinante inmensidad en un bastoncito de aluminio que, como por arte de magia, aguantaba firme, no se quebraba.

Mi gigante anfitrión me saludó con una sonrisa y me invitó a pasar. Caminé detrás de él por estrechos pasillos, hasta alcanzar una escalera por la cual, haciendo un esfuerzo literalmente sobrehumano dadas sus ya referidas dimensiones, Harris Willis descendió hacia el sótano del edificio mientras bromeaba y farfullaba algo acerca del mal clima de Detroit.

La escalera, hecha de sólida y antigua madera, rechinaba en quejidos ahogados cada vez que Harris acomodaba rodilla y pierna en cada escalón, como tambaleándose.

Entramos a su departamento.

La Suite B1 consistía en un solo cuarto, alargado y estrechísimo, en un extremo había una televisión encendida en la que pasaban un juego de futbol americano colegial, y, en el otro, lo que supuse sería el baño de aquel apretujado piso.

Aquel hombrón parecía apenas caber en semejante ratonera, mitad residencia de Harris Willis, mitad sede de la Asociación de Condenados a Cadena Perpetua de Michigan.

Sentada en un sillón a punto de desintegrarse, estaba la asistente de Harris, Shirley Bryant, quien se presentó como la esposa de un hombre condenado a cadena perpetua.

La generosidad de los extraños puede, en ocasiones, ser asombrosa, partir en dos la patética armadura detrás de la cual nos escondemos:

—Yo sólo le ayudo con cosas pequeñas, dijo Sherly Bryant, el General es quien se encarga de responder las cartas de los presos, de visitar cárceles, dar conferencias, ir a escuelas y universidades.

Apenas iba a abrir la boca, la Teniente Bryant enunció la misión del General.

—Todo por la causa, señor Bruno: quien comete un delito debe cumplir su tiempo, pero nadie merece cadena perpetua. Eso es inhumano.

Sentado en su sillón de mando, el General Willis me extendió una taza de café, recién hecho, para aguantar este maldito clima de mierda, dijo mostrando una perfecta sonrisa.

Hablamos brevemente del caso de Edward Guerrero e intercambiamos algunas palabras de cortesía, mínimas, ya que Sherly Bryant y Willis Harris son a todas vistas gente sólida que no necesita de palabrería ninguna, mucho menos de un tipo como yo, un blanquito en barrio afro —Detroit es Detroit, pez riesgosamente fuera del agua.

Sostenía la taza de café caliente entre ambas manos, como para sacudirme los restos del friazo que arreciaba afuera.

No exagero cuando afirmo que, sentado en el centro de mando de la Asociación de Condenados a Cadena Perpetua de Michigan, a escasos centímetros del sillón del General Willis Harris y a otros más de Sherly Bryant, me sentí transportado al búnker de 10 Downing Street —residencia oficial del primer ministro británico— en el que Churchill citaba a su Estado Mayor durante los bombardeos alemanes sobre Londres.

El General, no podía ser de otra manera, tomó la iniciativa.

—¿Quieres unirte a la causa por los *lifers*? Sherly se encargará del papeleo. Antes, dijo Willis Harris apoyando en ambas piernas su bastón, déjame contarte una historia. Yo fui encarcelado en 1956, a mis diecisiete años de edad, por un homicidio del cual no tenía la menor idea. Fui arrestado, acusado, llevado a juicio y condenado presuntamente por haber asesinado a una mujer blanca, católica, de origen polaco e italiano. En esos años, tanto en Detroit como en el resto del país, el racismo, la intolerancia, el prejuicio, el odio a los negros, estaban a la orden del día, lo mismo en las calles que en las escuelas, las iglesias, los lugares de trabajo, las cortes, y desde luego la policía. Así fue como, en este mismo país, fui sentenciado a cadena perpetua en la Prisión del Sur de Michigan, también conocida como la cárcel de Jackson. El juez me miró a los ojos con una sonrisa en los labios y me dijo: Yo te sentencio a permanecer en prisión por el resto de tu vida, sin consideración a ser liberado. Dicho esto, yo también lo miré a los ojos, no sin dejar de estar confuso respecto a lo que acababa de oír. Después de pasar unos días en la cárcel del condado de Wayne, fui transferido a la Prisión del Sur de Michigan, como ya dije, en la ciudad de Jackson. En cuanto llegué, me tomaron una fotografía, la misma que apareció en mi cartilla de identidad de la prisión, con mi número de convicto en números bien claros. ¡Yo no entendía nada, era un chico de diecisiete años! Me condujeron a un separo llamado de cuarentena, donde te daban información acerca de las reglas a seguir, te sometían a un examen para ver qué tantas pulgas llevabas encima, te sometían a un examen supuestamente psicológico y a un montón de pruebas para determinar en dónde te iban a ubicar, qué tipo de tareas tendrías que llevar a cabo, todo ello derivado del resultado de estas pruebas. Te digo algo: la comida en el separo de la cuarentena era excelente. De hecho, durante todo el tiempo que pasé en prisión, la comida era razonablemente buena. No lo sabía entonces, pero me hallaba en la cárcel más amurallada de todo el país, 58 acres en total. Adentro de ese monstruo cabían cinco granjas, de donde se cultivaba y obtenía el alimento para los más de seis mil presos en Jackson. Pero no todo era miel sobre hojuelas. Los negros vivíamos segregados, usábamos cocinas distintas, patios separados... ¡Hasta en el cementerio de la prisión había segregación! ¡Los blancos enterrados de un lado; los negros, del otro! La segregación jugaba tal papel que a los blancos que mantenían algún tipo de amistad con los presos negros los llamaban homosexuales o traidores a la raza. También estaba la parte positiva del encarcelamiento. En esos años las prisiones ofrecían muchos programas académicos, primaria, secundaria, vocacionales, hasta universidad. Hasta donde sé, estos programas funcionaron entre 1959 y 1980, años más, años menos. Después vinieron los recortes y se acabaron los fondos y se acabó cualquier oportunidad de progreso para quienes se hallan encarcelados. Mientras yo estuve en prisión, aproveché al máximo estos programas. Obtuve dos carreras técnicas y una licenciatura de Wayne State University. A la fecha, creo que ésa fue la razón por la cual la Junta Estatal de Indultos se interesó en mi caso. No siempre fue así. Al principio de mi vida en la cárcel, reñía con la administración todo el tiempo. Escrutaban mis lecturas, censuraban mi correspondencia y limitaban mis visitas personales. Durante los veintitrés años y medio que estuve en prisión, tuve que encarar funcionarios y oficiales racistas, ignorantes y vengativos. En buena medida reflejaban el clima y la mentalidad que se vivía en esos años al interior de las cárceles. Durante esos veintitrés años y medio, tuve sesenta y cinco represiones disciplinarias. Me opuse activamente y logré que se eliminara el sesenta por ciento de ellas. Imagínate, incluso los miembros de la Junta de Indultos llegaron a considerar que varias de esas represiones eran intrascendentes, con importancia nula. Debo aclarar que yo no tenía antecedentes de ofensas sexuales ni de violencia en mi expediente. De hecho, no tenía un récord criminal como tal. Así fue como en 1978 logré tener una audiencia pública para considerar mi liberación por vía de la conmutación de mi condena a cadena perpetua. Tuve que esperar un par de años más, ya que dos guardias literalmente me inventaron una represión disciplinaria que degeneró en un delito estatal. Tuve que pasar por el polígrafo y un examen de grafoanálisis, los cuales pasé sin ningún problema, pero solamente con el apoyo de mi abogado pudieron ser presentados como evidencia en la Corte de Apelaciones. Debido a esta trampa, mi conmutación había sido removida del escritorio del Gobernador de Michigan. Fue hasta que se hizo pública mi apelación, dos años después, que la Junta de Indultos llevó de nuevo mi caso al Gobernador William G. Milliken, quien me conmutó la sentencia de cadena perpetua. Fui indultado el 4 de junio de 1980, y desde entonces he disfrutado de 36 largos años de libertad.

Harris Willis, el General, hace entonces una pausa para servirse más café. Afuera la nieve azota contra las ventanas, incluso las del sótano donde nos encontramos. Después de escuchar semejante testimonio, me pasan mil cosas por la cabeza, entre ellas los versos de "Prueba evidente", de Lucano, el antiquísimo poeta latino:

> No existen los dioses, el cielo está vacío,
> afirma Segio: y lo confirma el hecho de que él,
> a pesar de hacer tal afirmación, se ve feliz.

No lo dudo un solo instante: Segio y Willis Harris son dos hombres felices.

Mientras me sirve una última taza de café —esta noche no dormiré, la excitación es doble: estar aquí sentado y consumir más cafeína de la cuenta—, casi como si no importara ya, el General cierra su espeluznante y a la vez esperanzadora alocución con las siguientes palabras:

—Mira, esta experiencia de la prisión me enseñó algunas lecciones que jamás encontrarás en ningún libro. Aprendí a desafiar a la autoridad cuando es injusta, a ser intelectualmente más ágil que ellos, y aquí me tienes, a mantenerme fuera del sistema de justicia de este país.

Le doy las gracias, prometo hacerme socio de la Asociación de Condenados a Cadena Perpetua de Michigan y omito, desde luego, hacer cualquier mención a este libro que estoy escribiendo.

Me distraigo, miro a través de la ventana de mi estudio. El perfil de los árboles comienza a desdibujarse, pronto comenzará a oscurecer, aquí lo mismo que en Lakeland, la prisión donde se halla Edward Guerrero. Por qué escribo su historia, me pregunto, más allá del interés instantáneo o morboso que suscita su caso. Podría escribir acerca de cualquier otra cosa, proyectos —así sean fallidos, todo proyecto lo es en cierta medida— nunca faltan.

No escribo, como quiere el lugar común, para huir de mí mismo, ni para evadirme de mi propia sombra.

Escribo, creo, para llenar el silencio, para vaciar la soledad, escribo en contra de mi soledad en lugares que me resultan extraños, que no son ni serán nunca mi hogar.

Escribo la historia de un preso inculpado por cargos de violación para entenderlo en su humana dimensión, pero también para vivir la ilusión de levantar un hogar en torno a mí, el sucedáneo del verdadero hogar que, al igual que Edward Guerrero, jamás conoceré.

Lo digo sin dramatismo. Y ello me quedó claro en un reciente viaje que hice hasta el otro lado del mundo para visitar a mi mejor amigo, en Singapur. Allá, en compañía de su esposa y sus dos pequeños hijos, se me reveló lo evidente: no importa el lugar, importan los afectos, los amores filiales, la sangre de tu sangre. La misma de la cual carezco, pues la que fuera mi familia, padre, madre y hermanos, es ahora un grupo de individuos dispersos en varios puntos del puto planeta.

Uno de esos días, mientras tomábamos un café en el tórrido calor de Singapur, mi amigo me reveló una verdad mientras hablábamos de otros temas. Comentó: a cierta edad hay cosas que ya hicimos o que ya nunca haremos.

A manera de despedida, minutos después de salir de su casa rumbo al aeropuerto, le escribí en un correo electrónico: gracias de nuevo por abrirme las puertas de un hogar como no conozco otro.

Ello me hace pensar en un verdadero hogar, a falta del cual escribo. No es cuestión de drama ni de tragedia. Quizás escribo para resistir: tanto silencio y tanta soledad me volverían loco.

Yo no soy de la estirpe de los Edward Guerrero de este mundo, tipos todo terreno que lo aguantan todo, ni soy lo suficientemente joven para orquestarme otro destino a estas alturas del juego.

Escribo entonces para ser yo mismo, sin saber qué o a quién voy a encontrar.

Escribo para rechazar el rechazo y la barbarie sin molerme a golpes el corazón, para seguir en el camino, así sea tambaleante o a paso sostenido de buen corredor de fondo, pues considero que ya he llegado demasiado lejos así, es decir solo, la mayoría de las veces sin saber qué diablos ocurrió entre un punto y otro.

Ya lo dije antes: no hay historia que pueda ser contada siguiendo un estricto orden cronológico. Con suerte, demasiada suerte, escribir te permite saltar las vallas de ida y vuelta, avanzar hacia atrás y recular hacia delante de manera tal que sea soportable decir, como lo hace Teognis de Mégara: "Ah, Cirno, ésta es aún nuestra ciudad, pero es otra su gente".

En conclusión: escribir no te cura ni te alivia de nada.

Y sin embargo, la escritura es una buena medicina.

Desde que me interesé por su caso, o bien su caso comenzó a trasminar en mi vida, por así decirlo, cotidiana, mi correspondencia con Edward Guerrero se ha vuelto más frecuente. Nos comunicamos por el sistema de correo electrónico que una empresa privada mantiene para toda la población encarcelada de los Estados Unidos. De igual manera, Edward utiliza una vieja máquina de escribir y me manda cartas usando el correo ordinario, cosa rara en un país en el que todo lo que llega al buzón de la correspondencia es publicidad chatarra.

Por una cruel paradoja, los sobres que les dan a los presos para que manden sus cartas llevan impresa en el ángulo superior derecho la imagen de un pájaro cuyo nombre común es el de avión zapador. Se trata de un ave pequeña, de nombre científico *Riparia riparia* —ignoro el porqué de la reiteración— que se alimenta de insectos en pleno vuelo. Es una imagen bella para un sobre de papel. No veo ni encuentro ningún simbolismo en ello, pues solamente una mente enferma pudo haber pensado en imprimir la imagen de dicho pájaro en los sobres que utilizan quienes viven refundidos tras las rejas. Tampoco sé si los presos de Lakeland reparen en ello.

Yo sí, a mi manera.

Con ello me refiero a la sensación simultánea de libertad y de extravío que experimento los domingos cuando subo al automóvil y conduzco poco más de dos horas de carretera hasta la prisión donde visito a Edward Guerrero.

Me resulta curioso que el camino de ida a Coldwater, el pueblo donde está ubicada la prisión de Lakeland, nunca es el mismo al regreso. Mis visitas a Edward consumen mis energías. Cuando salgo de verlo, apenas tengo fuerzas para tomar mi cuaderno de notas y ponerme a escribir y recapitular sobre las cosas y temas que se plasmaron en mi mente.

Cuando manejo de ida, siempre escucho música, la carretera se abre ante mí en una ficticia y fugaz sensación de libertad, como invitando a la despreocupación, a dejarme llevar por todos los elementos que, desde el interior del automóvil y desde el interior de mi mente, conforman el paisaje.

El exterior, sin embargo, resulta menos interesante de lo que pudiera esperarse.

Es, por así decirlo, de un gris metálico continuo.

Abordo mi coche, salgo del suburbio que habito y en cuestión de minutos me incorporo a la red de autopistas del estado de Michigan. Ciertamente, los paisajes con los que me cruzo, salidas a pequeñas y más o menos prósperas ciudades, contrastan con los recorridos que he hecho en la ciudad de Detroit. La vieja capital del motor semeja, al menos en mi visión de las cosas, un inmenso cráter por el que transitan individuos extraviados, caminando sin rumbo entre edificios decrépitos, algunos de ellos en franca ruina. Manejar a lo largo de Woodward, la avenida principal que va desde el centro mismo de la ciudad hasta sus zonas limítrofes, en la llamada Milla 8, equivale a atestiguar los efectos devastadores, uno diría en apariencia irreversibles, de la economía una vez que ésta ha dejado de funcionar, una vez que se ha detenido por completo mientras las vidas de las personas que formaban parte de la gigantesca máquina siguen, empero, su camino, un camino sembrado de escombros y otros vestigios urbanos. En su apogeo, Detroit llegó a tener más de dos millones de habitantes. Hoy apenas roza el medio millón. Es común decir acerca de Detroit: aquí tuvo lugar una guerra, la guerra del capitalismo.

Un recorrido por la avenida Woodward, arteria de Detroit, no tiene nada que ver con las autopistas en buen estado y bien suministradas que conducen hasta Coldwater. Sin embargo, no por ello el camino deja de ser algo triste, decorado a los lados por arboleadas colinas y múltiples fábricas, inmensos cobertizos para almacenar productos industriales. Dos horas de eso.

Los domingos me organizo de manera tal que pueda estar en Coldwater hacia el mediodía.

Yo lo llamo pueblo, pero oficialmente Coldwater es una ciudad, fundada en 1861, en la que coincidían los viejos caminos que llevaban a Old Sauk y a Fort Wayne.

Acostumbro llegar y comerme una hamburguesa en un pequeño restaurante local, Jeannie's. Sabiendo que tengo por delante al menos un par de horas de encierro con Edward Guerrero, suelo tomarme mi tiempo. Me siento a la barra y miro la vida que circula a mi alrededor, ajena por completo a la interioridad del mundo carcelario, ubicado a escasos cinco minutos de manejo. Tomo algunas notas en mi cuaderno. En ocasiones pido de postre un pay de manzana más bien desabrido. Me salvan las múltiples tazas de café que me ofrece la encargada de la barra, despreocupada como el resto de los comensales.

He platicado con ella en un par de ocasiones. Sin que yo dijera nada, me tomó por un abogado que va a visitar a un cliente encerrado tras las rejas. No sé por qué, decidí no desdecirla y jugar el papel que la encargada de la barra me atribuye. Por ella me he enterado de que Coldwater tiene una población de aproximadamente cien mil habitantes. Lejos está de ser el pueblito al que me suelo referir, es más bien la típica ciudad de tamaño medio a pequeño que uno encuentra por todo el estado de Michigan, cuyas únicas dos ciudades consideradas mayores serían Detroit y Grand Rapids. El resto es esto: urbanizaciones que se pierden entre los bosques, los campos de cultivo, las plantas de producción y los inmensos parques estatales.

Y carreteras, cientos de kilómetros de carreteras que conectan punto por punto a todo Michigan, como si se tratara de una membrana sobrepuesta a la tierra.

Como en otras "ciudades" del estado, los habitantes de Coldwater se dedican a la industria de las autopartes, si bien las industrias maderera y alimenticia también son parte de la economía del Condado de Branch, donde se ubica también la prisión de Lakeland.

Dije que el camino de regreso a casa siempre resulta distinto. Con ello me refiero a que suelo estar cansado y es de noche, lo obvio, pero sobre todo a que en esas ocasiones experimento una sensación de total saturación. El efecto de pasar un rato en la cárcel es cabrón —imagínense vivir allí, la locura—. El paisaje deja de importar, todo se pierde en la oscuridad, los letreros y señalamientos en la carretera son meras apariciones fugaces que no me indican nada, pues conduzco atento al GPS de mi teléfono.

Algo ocurre cada vez que manejo de regreso que me resulta insoportable escuchar música, la que sea, folk, rock o Glenn Gould reparando el universo con su interpretación de las variaciones de Goldberg; algo pasa que es como si dejara de necesitar oxígeno para respirar.

Esto se repite cada vez que visito a Edward Guerrero.

Desaparezco tanto de su vida como de la mía: por unas horas, no soy yo quien escribe este libro.

Tengo que partir de una premisa. Edward Guerrero no me está engañando. Al contrario, con su conversación durante las visitas a Lakeland, las cartas que cada semana recibo en mi buzón, las llamadas telefónicas, en suma, su disposición a hablar y responder al arsenal de preguntas con que escruto en su memoria y recuerdos, me demuestra su honestidad y franqueza. En nuestro primer encuentro en la cárcel, declaró que él era completa y absolutamente transparente, que después de cuarenta y cuatro años de encierro no tenía nada que ocultar a nadie.

Recuerdo que cuando supe de su historia, cuando pensé —decidir es una palabra demasiado grave, que no aplica— en escribir algo al respecto, le pedí consejo a mi amigo Sergio González Rodríguez. ¿Cómo acercarme a Edward Guerrero y no caer en el rechazo instantáneo una vez que entendiese mi verdadero propósito de escribir una novela sin ficción con él como tema y trama? Dile que contarte su historia es lo único que le queda, nada más. Recuerdo bien el consejo de Sergio, quien en sus propios libros ha penetrado en la oscuridad donde yacen las víctimas de Ciudad Juárez, los decapitados, los cuarenta y tres normalistas asesinados en Ayotzinapa.

Más aún: ¿de qué manera penetrar en el mundo de Edward, de sus crímenes, de su familia, de su propia experiencia de vida provocando el mínimo de aprensión y el máximo de confianza? ¿Cómo demonios se para uno frente a la verdad?

En su breve ensayo sobre el origen de la obra de arte, Martin Heidegger afronta el asunto a su manera, en buena medida aplicable a la forma cómo he tratado de introducirme en ese mundo arriba descrito. Escribe Heidegger: "La verdad hay que pensarla en el sentido de lo verdadero. La pensamos recordando la palabra de los griegos como la desocultación. Pero, ¿es ésta ya una determinación de la esencia de la verdad?"

Esta última pregunta que se hace el célebre filósofo alemán es en sí misma un abismo que se abre a nuevas y posiblemente arcanas esencias, a necesarios procesos de desocultación.

Entiendo que en estos procesos, levantar el velo no es el propósito, sino un acto accesorio al objetivo —cuestionable, pretencioso— de ir en pos de la verdad. Una extraña y asimétrica forma de intercambiar pareceres, aspiraciones a la verdad, que el poeta Jaime Gil de Biedma cifró en dos astutos versos:

No puedes darme nada. No puedo darte nada,
y por eso me entiendes.

Tratemos, si ello es posible, de comenzar a entender a Edward Guerrero, sin ofrecer otra cosa a cambio que no sea esto que aquí escribo, la novela de su vida comenzando con los hechos que lo llevaron a prisión.

En su caso, treinta y ocho años después, él mismo resumió en la solicitud de indulto que presentó ante la Junta Estatal de Indultos y Conmutaciones en 2009 las acciones que lo llevaron a la cárcel y que ciertamente se parecen, son la semilla, por así decirlo, a la versión de los hechos que me ha dado en más de una ocasión:

En octubre de 1971, poco después de cumplir los diecisiete años de edad, participé junto con otros cuatro adolescentes en la violación de tres mujeres adultas, robándoles sus pertenencias antes de dejarlas ir. Tres de los inculpados fueron sentenciados a cursar un año académico en la Correccional Juvenil, mientras que dos de nosotros, considerados adultos a los diecisiete, fuimos sentenciados a cadena perpetua con derecho a solicitar indulto.

Así consta en el documento referido, recibido y clasificado el 1 de julio de 2009 por el Departamento de Instituciones Penitenciarias del estado de Michigan.

Ignoro hasta qué punto Edward está consciente de que estoy escribiendo este libro. Creo que no mucho. Se lo dije la primera vez que nos vimos, pero sospecho que decidió pasar por alto mi propósito y enfocarse más al suyo: conseguir el indulto al que su sentencia original le da derecho y alcanzar, algún día, la libertad. Después de doce intentos a lo largo de los años, no deja de sorprenderme su confianza en que eso, su salida de la cárcel, sucederá tarde o temprano, a pesar de la justicia o precisamente por efecto de la justicia misma. En la solicitud oficial de indulto o conmutación de sentencia que presentó en junio de 2009, Edward se refirió a su larga y fructífera relación con los psicólogos más experimentados del Departamento Penitenciario del estado de Michigan en los siguientes términos:

Ello me ha permitido corregir mi manera de pensar, mis valores, mi comportamiento y, sobre todo, mi desarrollo como un adulto, sensible y compasivo frente a sus semejantes. En cada una de las evaluaciones psicológicas de los últimos siete años, los psicólogos que me han tratado, todos sin excepción, han hecho hincapié en mi progreso continuo. El psicólogo Rick Raymond, recientemente jubilado de su cargo como Director Regional de Servicios Psicológicos, confirmó en 1989 que en mi caso había recibido los máximos beneficios que el programa de terapias del Departamento Penitenciario del estado de Michigan puede ofrecer. Al día de hoy, como un adulto, estoy completamente consciente de que violar a una persona equivale a despojarle de su humanidad. Ya he cargado mi culpa por el papel que tuve en esos crímenes; no puedo ni podría hacer daño a otra persona. A pesar de mi remordimiento, no existe una manera real de deshacer lo que ocurrió con esas mujeres hace treinta y ocho años y, claramente, ya no soy el muchacho de diecisiete años que estuvo involucrado en esos crímenes.

Y en efecto, la ficha de Edward Guerrero en los registros del Departamento Penitenciario muestra, repetitivamente, los sólidos logros que ha alcanzado mientras ha vivido tras las rejas, cosa que no se puede decir acerca de quien, como Edward, ha vivido preso ininterrumpidamente. Lo normal para un sentenciado a cadena perpetua es mandar todo al diablo, como le ocurrió a uno de los muchachos que participaron en al menos una de las violaciones que se le imputaron a Edward, un hombre llamado Martin Vargas, quien ha seguido cometiendo crímenes de toda especie, pandillerismo, tráfico de drogas, dentro de la prisión —un caso perdido—, según me refiere el propio Edward. En su caso, ha ocurrido lo contrario. Su expediente es el de un prisionero ejemplar: en 1986 completó los créditos necesarios para titularse en Sociología en la Universidad de Spring Arbor. De igual manera obtuvo certificados de estudios en producción televisiva, en tecnologías agrícolas, en horticultura, en mantenimiento en general y como consejero en abuso de sustancias. Paralelamente, Edward desarrolló un papel de liderazgo en las cárceles donde ha estado preso, el cual ha comprendido desde ofrecerse como organizador de eventos para los presos, en misas y banquetes, tutor para educación bilingüe, hasta figurar como presidente de la organización HASTA (Hispanic American Striving Towards Advancement) y vicepresidente de LA CAUSA. Como lo señaló en una carta firmada el 4 de abril de 2009 el exgobernador de Michigan, William G. Milliken, en apoyo al proceso de indulto de Edward Guerrero:

[…] de especial interés me resultan las organizaciones en las cuales ha estado activo. Ha sido un miembro activo de la Iglesia católica, integrante de varios comités de bibliotecas, así como otras organizaciones y comités positivos. Eduardo ha fungido como intérprete voluntario para extranjeros que no hablan inglés y para hispanoamericanos que necesitaban ayuda cuando recibían la visita de sus abogados. En el mismo rol se ha desempeñado en audiencias y reuniones con el equipo de guardia de las prisiones en las que ha estado, con doctores y otros. Ello ha sido una fuente de orgullo para él, al ser bilingüe y ofrecerse para estos servicios.

Tengo a mi lado las cuatro páginas del reporte psicológico "CHJ-171" aplicado por la psicóloga Margaret K. Guadiano a Edward Guerrero entre los días 12 y 23 de diciembre de 2008, solicitado por la Junta de Indultos en preparación para una audiencia pública que hasta la fecha no se ha llevado a cabo. Omito los pasajes que considero reiterativos, propios de un documento oficial, destinado al complejo aparato legal-burocrático que interviene en un proceso de indulto o conmutación de una sentencia.

Historial clínico: El señor Guerrero no muestra una historia de perturbaciones mentales. Cuenta con una considerable experiencia en tratamientos terapéuticos. Ha sido muy pro-activo al buscar intervención terapéutica para lograr su desarrollo emocional, de personalidad y espiritual. En la revisión de su expediente destaca que el señor Guerrero ha participado en dos terapias de grupo para delincuentes sexuales, completando un total de dos años. Los reportes emanados de dichas terapias de grupo indican que alcanzó los objetivos que se esperaban de él.

En general, su encarcelamiento en el Sistema Correccional del estado de Michigan ha sido intachable. Ha participado en distintas modalidades de psicoterapia. Varios de sus terapeutas han sido especialistas prominentes dentro del Sistema Correccional, como fueron los casos de los actuales Jefe de Psicólogos y Director Regional. Informes extraídos de su expediente médico indican que ha respondido bien a las terapias. De hecho, su historial de trabajo revela que ha recibido las más altas calificaciones por parte de sus supervisores.

Observaciones de conducta: A lo largo de esta entrevista, el señor Guerrero se presentó como un hombre de 54 años, de origen hispano. Es chico de estatura. Vestía el uniforme azul reglamentario de la prisión, luciendo un aspecto aseado e higiénico. Caminaba con un paso estable, se sentó alzando el pecho durante la entrevista e hizo un contacto visual apropiado. Sus expresiones faciales fueron serias y fluctuaron de manera correspondiente con el avance de la discusión. Adicionalmente, su habla era articulada, productiva, con el tono apropiado, buen volumen, sentido del tiempo y contenido. Mostró un buen sentido espacio-temporal. No reportó ninguna distorsión en su memoria, capacidad de concentración y atención. Sus aptitudes intelectuales y de conocimientos se registraron dentro de un rango normal. Su proceso de pensamiento fue lógico, flexible, orientado a un objetivo y basado en la realidad. En ningún momento demostró evidencia alguna de afectación, alucinaciones u otras perturbaciones psicóticas. El señor Guerrero mostró un estado anímico estable y positivo. De igual manera, tampoco mostró síntomas que sugirieran estado depresivo actual o pasado, ansiedad ni otras afectaciones de su estado anímico. Negó haber tenido cualquier ideación suicida, tanto en el presente como en el pasado.

El señor Guerrero se mostró cooperativo, atento y espontáneo. Pareció capaz de ofrecer información de manera clara y directa. No titubeó a la hora de explicar sus antecedentes, su historial criminal, así como la aceptación de la responsabilidad por su conducta.

El comportamiento del señor Guerrero parece ser consistente con reportes previos.

Impresiones clínicas: En general, el señor Guerrero presenta un cuadro estable de salud mental, una capacidad adaptativa y funcional sin muestras de enfermedad mental u otra forma de malestar anímico. Su presentación sugiere un rango promedio de inteligencia y funcionalidad cognitiva. El señor Guerrero reporta la plena aceptación de su responsabilidad y remordimiento por sus crímenes. Aparenta tener una adecuada capacidad introspectiva en relación a factores y situaciones de riesgo. Los problemas de orden criminológico que contribuyeron a su encarcelamiento parecen haber sido canalizados por vías muy útiles. Por ejemplo, ha sido capaz de canalizar sus emociones hacia propósitos muy productivos, como ayudar a otros prisioneros como intérprete, organizar eventos para los ministerios carcelarios, u obtener una licenciatura. En términos generales, el comportamiento actual y pasado del señor Guerrero sugiere que tiene la capacidad adecuada para iniciar, manejar y mantener relaciones con un entorno comunitario en el cual podría apoyarse, desarrollar recursos para su ayuda y la prevención de cualquier reincidencia.

Recomendaciones: El señor Guerrero se ha comportado según las reglas durante su encarcelamiento, a la vez que su historial institucional demuestra su comportamiento no agresivo ni violento. Ha hecho un magnífico uso de los servicios ofrecidos por el Departamento Correccional del estado de Michigan en beneficio propio y como miembro de la sociedad. Ha tomado los pasos necesarios para educarse ampliamente en relación con sus problemas de índole emocional, canalizándolos hacia comportamientos constructivos, mismos que influyen en las vidas de quienes están en contacto con él. La ausencia de violencia en su expediente, con excepción de los crímenes que cometió, corrobora que sería inusual que se comportara de manera violenta en una nueva ocasión [...]

La psicología no puede hacer predicciones perfectas. No podemos afirmar con entera certeza que jamás volverá a delinquir. Sin embargo, a juzgar por la información disponible en relación con su comportamiento dentro de la prisión, sus logros académicos, su historial de trabajo, la reducción casi completa desaparición de factores criminológicos, así como el resultado de la evaluación de riesgo en niveles "medios-bajos"'de reincidencia, creemos que es justo concluir que el señor Guerrero es capaz de llevar a cabo una transición exitosa de reinserción en la comunidad sin que caiga en nuevas transgresiones.

A diferencia de los psicólogos, de los economistas sin duda alguna y del resto de la humanidad, quien sí parece poder hacer una predicción perfecta es Edward Guerrero.

A partir de su propia experiencia, me refiero a las doce ocasiones en que la Junta de Indultos del estado de Michigan le ha negado el derecho a la apelación de su sentencia, Edward sabe que cada vez que su caso sea revisado, automáticamente entrará en operación la llamada Ley Estatal de Notificación a las Víctimas, gracias a la cual Louaine Hirschman, quien tenía diecisiete años al momento de ser violada y de quien se sabe que reside en el estado de Illinois, será oficialmente notificada y bastará con que escriba una breve carta dirigida a la Junta de Indultos expresando su oposición para que se detenga cualquier proceso que derive en la remoción de la sentencia a Edward y su eventual liberación.

Por alguna extraña y desconocida razón, las otras dos víctimas de Edward jamás han ejercido los derechos que les otorga la Ley de Notificación. Dudo mucho que con la edad hayan olvidado los incidentes ocurridos entre el 20 y el 31 de octubre de 1971. Al igual que Edward, rondan entre los sesenta y setenta años. El peso del pasado en sus respectivas existencias habrá, quizá, provocado el surgimiento de otras vidas dentro de sus vidas, como en ocasiones también ocurre.

El poeta Friedrich Hölderlin escribió:

Hemos vivido otra alegría. La funesta sequía va cediendo,
y la crudeza de la luz ya no quema las flores.

Quizás, a pesar del sufrimiento, de las profundas heridas que todavía no cierran, Leta Simons y Catherine A. Duffet, quizá el día de hoy felices abuelas, no lo sé, se propusieron exponerse a los elementos —fuego, agua, cielo, tierra— con la misma determinación con que Edward Guerrero ha sobrevivido a cuarenta y cinco años de sombra, a cuarenta y cinco años de luz cegadora. Y ello con la misma determinación que todos nosotros, culpables o inocentes, mal que bien, pujamos, llevamos a cuestas nuestras propias existencias.

En más de una ocasión, Edward Guerrero se ha referido al racismo imperante no sólo en su caso, sino al racismo histórico que padecen los mexicanos e hispanos en general y que, en buena medida, ha vivido al personificar el estereotipo del mexicano en los Estados Unidos, un tipo provocador para quien la ley no significa nada, proclive al delito y a la violencia, especialmente contra las mujeres blancas y quien, con suerte, un buen día será redimido por el capitalismo luterano y la fe evangélica estadounidenses.

El primero de septiembre de 2002, la primera plana del periódico más importante de la ciudad, *The Saginaw News*, estuvo dedicada por completo a la historia de Edward. El tema estaba, por así decirlo, caliente, pues en 2003 se esperaba que Edward Guerrero fuera considerado un candidato viable al indulto. Las voces a favor y en contra se manifestaban de diversas maneras. La comunidad hispana de Saginaw, en particular la activista Concepción "Sam" Olvera, cifraba en sus declaraciones a *The Saginaw News* la que durante muchos años ha parecido ser la raíz del problema: "¿Estamos hablando de justicia o de venganza?" —se pregunta Olvera—. "Debe haber arrepentimiento, pero también capacidad de perdonar." A continuación se lee: "Tanto Olvera como la familia Guerrero afirman que la raza es un factor. Él es hispano y las víctimas son blancas". Por su parte, Russ Marlan, el entonces portavoz del Departamento de Instituciones Penitenciarias del estado de Michigan, declaraba en la misma nota periodística de aquel primer domingo de septiembre que el origen étnico no jugaba papel alguno, e insistía en que la Junta de Indultos tomaría en consideración el crimen cometido, el comportamiento del prisionero y su historial criminal a la hora de determinar el indulto de una pena y la liberación del inculpado. "La conducta al interior de la institución bien puede ser impecable, pero hay otros factores a considerar."

¿Cuáles? No lo dijo. Sin sospecharlo siquiera, el portavoz aludía con declaraciones a *The Saginaw News* de septiembre de 2002 a las dos formas de discriminación a las que se enfrentan en Estados Unidos tanto los mexicanos como los hispanos actualmente y que además desembocan en la posición, si es que puede llamársele así al racismo y la discriminación sin miramientos ni filtros, de la presidencia de Donald Trump.

¿De qué hablo cuando digo que no sólo en el caso de Edward Guerrero, sino en el sistema penal de Estados Unidos, se impone una lógica de doble discriminación para casos como el suyo?

Por un lado, está el asunto del origen étnico. Quince días exactos antes de que yo aterrizara, confundido y desorientado, en el Aeropuerto Internacional del Condado de Wayne, en las cercanías de Detroit, en el otro extremo de Estados Unidos, en la ciudad de San Francisco para ser exactos, Kathryn Steinle, una atractiva rubia, estudiante de medicina de treinta y dos años de edad que tenía planes de casarse con su novio, un abogado, había sido alcanzada por una de las tres balas que Juan Francisco López Sánchez, migrante indocumentado y deportado al menos en cinco ocasiones y procesado por cargos vinculados al tráfico de narcóticos, había disparado, al parecer, sin pensar mucho en las consecuencias de sus actos.

Un dato incidental: al momento de su asesinato, Kathryn trabajaba para la empresa Medtronics, la cual fabrica equipo de última generación para tratar la diabetes. En noviembre de 2015, tras una crisis que desembocó en una visita a la sala de cuidados intensivos, yo mismo sería reclutado en contra de mi voluntad por los ejércitos de quienes padecemos diabetes, en mi caso tipo 1, tratable con inyecciones de insulina. Pasada la crisis, Medtronics me ofreció un pequeño dispositivo electrónico para autosuministrarme mis *shots* de insulina. Harto de las cháchas electrónicas que integramos a nuestra vida diaria y que se interponen cada vez más a la interface entre seres humanos, decliné la oferta y me resigné a inyectarme a la antigüita, es decir con una aguja especial luego de la obligada lectura de los niveles de azúcar en la sangre utilizando para ello un glucómetro, funciones todas que el aparato de Medtronics prometía facilitarme al punto de, cosas del *marketing*, "recuperar mi libertad".

Nueve días después de mi arribo a Detroit, adonde llegué para vivir y trabajar por tiempo indefinido, Víctor Aureliano Martínez y José Fernando Villagómez, de 29 y 20 años de edad respectivamente, habían sido arrestados por violar y asesinar en su casa de Santa Maria, California, a Marilyn Pharis, veterana del ejército, de 64 años de edad y empleada civil en la base aérea de Vandenberg. Ambos tenían ya un historial delictivo previo vinculado a venta de estupefacientes. Ambos, al igual que otros seis millones de mexicanos, se encontraban viviendo en Estados Unidos sin documentos.

A los pocos días, otro incidente letal vinculado con un inmigrante mexicano ocupó las planas de los periódicos. Esta vez los hechos ocurrieron en el estado de Ohio, el 27 de julio, en Painsville, una de esas ciudades en apariencia adormiladas donde nunca sucede nada y, sin embargo, un buen día se desata a tope una carnicería, como la que protagonizó Juan Razo, hombre de treinta y cinco años de edad y de origen mexicano, al dispararle a muerte a Margaret Kostelnik en plena calle, quien se había desempeñado como secretaria de la alcaldía de Willoughby durante treinta años. Poco antes de disparar contra ella, Juan Razo había intentado violar a su sobrina de catorce años. Según comenzaron a fluir las noticias, quedó claro que su padre es ciudadano estadounidense, con cuarenta años de trabajar en el campo, y que Juan Razo llevaba doce años esperando su Green Card.

Sin que se notara demasiado, hubo desde ese momento un deslizamiento en la retórica política que comenzó a barrenar las placas tectónicas de las bases más populares del partido Republicano y el ala más conservadora de la Unión Americana, al tiempo que un nuevo mensaje comenzó asimismo a hacerse eco en los medios masivos de comunicación y las redes sociales.

Hubo entonces un cambio mayor en la precampaña hacia la presidencia del país por parte de Donald Trump.

Por primera vez desde el asesinato de Kathryn Steinle en San Francisco, la narrativa de Trump respecto al vínculo entre migrantes indocumentados y delitos sexuales se recrudeció.

El propio hermano de Kathryn, Brad Steinle, había aparecido días antes en CNN y había denunciado a Trump ante el conductor de noticias Anderson Cooper por utilizar la tragedia de su hermana para su propio beneficio político.

Ante el caso de Juan Rizo en Ohio, el equipo de campaña de Donald Trump emitió el primero de varios comunicados, discursos, declaraciones y mensajes en redes sociales, altamente controvertidos en un inicio, pero que terminarían por abarcar la biósfera mediática y política del país: "Este incidente es una clara señal del porqué necesitamos seriamente un muro para proteger nuestra frontera. Donald Trump es un importante crítico de los migrantes ilegales que cruzan nuestras fronteras. Es por eso que resulta vital tener un muro que sea impenetrable", advirtieron los afanadores de Trump, un mensaje que se repetiría miles de veces en mítines de campaña, en los tuits del propio Donald Trump y en sus discursos, tanto como candidato del Partido Republicano como presidente de Estados Unidos de América a partir del 20 de enero de 2017.

¿A qué me refería en concreto cuando antes hablé de una lógica de discriminación por partida doble aplicable a casos de hispanos y mexicanos como Edward Guerrero?

En una nuez: hoy en día, ser proveniente de México equivale, en este país, a ser también un violador compulsivo de mujeres.

Ante una historia atroz como lo es la de Edward Guerrero, se impone la necesidad de la literatura como un reducto —lo mismo intelectual que material— adonde no lleguen impunes el caos y la barbarie humanas.

Solamente algo hecho por el hombre, en este caso la literatura, es capaz de soportar las cadenas, los muros, los barrotes, las vallas, los dispositivos de seguridad, todo eso que fabrican los hombres para someterse entre sí, el poderoso al débil, el acaudalado al desheredado. De ahí las múltiples citas incluidas en este libro a versos que me ayudan a cruzar el pantano.

La literatura como recurso ante la descomposición provocada por los propios hombres;

la literatura como un puente entre mundos lo mismo enfrentados que distantes;

la literatura como lenitivo contra la angustia;

la literatura como soga con la cual colgarse de una nube;

la literatura como herramienta para abrir un boquete en el centro nervioso de la realidad;

la literatura como una casa en la que logran habitar lo mismo la dicha que lo inconcebible y lo terrorífico.

En el recuento del propio Edward, la historia comienza, por un lado, con la rebelión ante su padre y cualquier figura de autoridad, y, por el otro, con el uso de drogas duras, mariguana, ácidos, mezcalina, anfetaminas, toneladas de *speed*, que pudieron —es una hipótesis— haberlo inducido a cometer los crímenes por los cuales sigue pagando. Por ser el primer varón de la familia Guerrero, Edward fue objeto de toda clase de consentimientos paternales durante su infancia. Afirma que a él y sus tres hermanos, dos niñas mayores y Raymond, el hijo menor, no les faltaba nada. No vivían en la opulencia, sin embargo, el trabajo de su padre, Eduardo *Senior*, como electricista en la planta de General Motors, les permitía una vida más que decorosa. La ciudad de Saginaw era, y lo sigue siendo, una ciudad segregada por partida triple. Estaban los blancos, los negros y, en menor pero creciente número, los mexicanos. Muchos de ellos llegaban, como fue el caso del padre de Edward, desde el sur del país, desde la vasta Texas, en busca de empleos mejor pagados y menos pesados que las labores agrícolas. El auge en el norte del país que siguió a la Segunda Guerra Mundial fue un poderoso imán que atrajo a los mexicanos y los mexico-americanos que no querían ser devueltos a México y que huían de los campos algodoneros hacia las ciudades, en las cuales hallaban empleo en alguna de las ramas como tentáculos de la industria automotriz, en fundidoras, en fábricas de autopartes, en costurerías, en plantas ensambladoras.

El arribo de los mexicanos a Saginaw fue masivo, si bien hoy en día apenas se deja ver la sombra de semejante diáspora en las fotografías que adornan las paredes de un decrépito restaurante mexicano que sobrevive de milagro en las solitarias calles de la ciudad. El propio Raymond, el hermano menor de Edward, me llevó a ver las imágenes donde aparece su padre, entonces un joven moreno y perfectamente bien ataviado para la ocasión, ya fuera como entrenador del equipo de béisbol en el que jugaban los migrantes mexicanos, o bien como respetable miembro de la hoy desaparecida Unión Cívica Mexicana.

En el recuerdo de Edward, su padre aparece como un hombre paciente y comprometido con el bienestar de su familia. En ese cuadro, Edward era a la vez el consentido a quien no se le negaba nada, pero también estaba obligado a cumplir lo que su padre creía que sería lo mejor para él. Por ejemplo en el golf, deporte que Edward comenzó a practicar a los doce años, siguiendo los deseos de su padre de convertirse en un jugador profesional, la primera gran estrella mexicana a nivel nacional, pues desde entonces era claro que mostraba dotes más que respetables para su edad. Durante la semana, Edward practicaba con su padre, y los fines de semana jugaban en pequeños torneos para adultos, en los que el primogénito no sólo cumplía de sobra siendo el orgullo de su padre, sino que además recogía las ganancias de las apuestas que se hacían entre los participantes.

La primera manifestación de desacato a la autoridad paterna, cuenta Edward, se dio con el deseo de su padre de dirigir el equipo de béisbol callejero en el que jugaba su hijo. Para ello, don Ignacio Guerrero se dio a la tarea de limpiar la maleza de un terreno, dibujar un diamante dentro del mismo terreno, comprar uniformes para todos e incluso, cosa completamente inusitada para la época, logró inscribir al equipo de niños mexicanos en la liga juvenil de la ciudad, desafiando con ello a los equipos de muchachos blancos, es decir: desafiando a la ciudad toda. A los trece años, Edward se vio colocado en la segunda base y primero en el orden al bat por instrucciones de su padre. Ésa fue la gota que derramó el vaso: Edward no jugaría más al golf los fines de semana, ni vestiría los colores del equipo de beisbol que su padre había organizado pensando exclusivamente en él. Tampoco sacaría las notas necesarias en la escuela para ser aceptado en la universidad, como quería su padre.

A los dieciséis años de edad, la confrontación del hijo con el padre era abierta, una batalla campal sin miramientos. "Sin importar lo que hiciera, mi padre no se daba por vencido. No importaba que no lo obedeciera, que lo humillara públicamente ni que lo desafiara, mi padre siempre estaba dispuesto a volver a intentarlo, no me dejaba solo", cuenta Edward.

Mi propio caso es el contrario. La infancia y especialmente la adolescencia fueron sinónimos de ausencia de la figura paterna. Mis dos hermanos y yo fuimos para mi padre una especie de contratiempo, un problema que parecía no haber solicitado ni para el cual tenía la más mínima disposición. Jamás le importó siquiera si jugábamos futbol callejero o salíamos a andar en nuestras bicicletas. Me cuesta trabajo recordar que viera con buenos ojos la visita de nuestros amigos a la casa familiar. En periodos de depresión, se encerraba y nos imponía un silencio desconcertante que podía durar semanas. Sus sermones, por el contrario, podían durar horas. Éramos su audiencia cautiva. No exagero cuando digo que vivimos y crecimos a sus espaldas. Fuimos el telón de fondo de su vida. Al contrario del caso de Edward Guerrero, mi padre aprovechaba la menor oportunidad para dejarnos solos, hijos sin padre al cuidado de mi madre.

A diferencia de Ignacio Guerrero, mi padre jamás nos golpeó, ni a mis hermanos ni a mi madre, si bien era un especialista, eficaz como el mejor francotirador, en violencia psicológica, capaz de dejarlo a uno turulato ya fuera por su silencio, ya por sus admoniciones. Lo cierto es que hasta con un mínimo gesto, mi padre era capaz de causar el máximo terror, el aire que se respiraba en la casa adquiría una densidad tal que uno sentía que se asfixiaba. Así recuerdo mi adolescencia, asfixiante.

Igualmente irrespirable debió ser mi infancia, pues apenas tengo recuerdos claros de ella.

En un pasaje de sus *Elogios*, el poeta Saint-John Perse escribió:

Si no la infancia, ¿qué había entonces allí que ya no está?*

Recurro a la memoria de mi madre, quien hace poco me contó un episodio que encuentra su lugar ahí, en el recuerdo de mi infancia.

Ninguno de nosotros pasaba de los ocho o nueve años de edad. Cuenta mi madre que un día salió al jardín de nuestra casa, a la vez enfurecida y conmovida por la ternura de mi hermano menor, a quien mi hermano mayor y yo habíamos atado a un árbol. Jugábamos a indios contra vaqueros. Nuestra travesura había consistido en atrapar al único piel roja disponible en nuestra casa en Tlalpan, al sur de la Ciudad de México. Desde uno de los ventanales, mi madre avistó al más pequeño de sus hijos sujetado al tronco de un árbol aguacatero con las sogas improvisadas de nosotros, los vaqueros. Se arrancó enfurecida contra mi hermano mayor y yo, y mientras desataba al pequeño, éste le decía que no se enojara, que era parte del juego someterlo pues había sido capturado. Que ni modo.

En años recientes me he mantenido cercano a mi madre, quien avanza con espíritu positivo en ese callejón sin salida que llaman la tercera edad. Estos recorridos por la memoria familiar son parte de nuestras conversaciones e, imposible evitarlo, del legado que ella dejará tras de sí, para que sus hijos la recordemos cuando ya no esté.

Recurro al argentino Ricardo Piglia para explicarme a mí mismo: "ciertos hechos que permanecen en mi memoria con la nitidez de una fotografía están ausentes como si nunca los hubiera vivido".

* Trad. de José Luis Rivas.

Mi más cercano acercamiento a la memoria de la infancia de Edward Guerrero se dio por intermediación de su hermano Raymond, a quien visité un día en Saginaw.

Raymond es el único de los hijos de Ignacio Guerrero que permaneció en Saginaw, actualmente una ciudad semifantasma y tétrica, la sombra de lo que antes fue un importante centro industrial y crucial eslabón en la cadena productiva de la industria automotriz del estado de Michigan y de la nación entera. Saginaw representa a la perfección eso que los políticos estadounidenses de corte conservador y derechista denominan como "el cinturón oxidado", en otras palabras, aquellos lugares que vivieron el apogeo industrial de Estados Unidos entre las décadas de los años cincuenta y ochenta del siglo pasado, y que hoy son ciudades decrépitas, urbes que se hallan en su mayoría en ruinas y en las cuales residen sobrevivientes añorantes de mejores épocas, en una gran mayoría viviendo de la asistencia pública o de algún otro tipo de raquítica ayuda gubernamental.

El propio Raymond se cuenta entre ellos. Después del terrible accidente automovilístico que sufrió el 24 de marzo de 2004 en el cruce de las calles North Carolina y State Street, que le provocó una contusión cerebral mayor por el fuerte impacto de su cabeza contra la ventanilla del asiento del conductor, a los cuarenta y siete años de edad la compañía de gas para la que había trabajado más de veinticinco años lo despidió, lo cual le dio derecho a cobrar, hasta la fecha y a sus cincuenta y cinco, un cheque gubernamental por discapacidad.

El accidente que sufrió Raymond le mermó ciertas capacidades cognitivas y le generó un problema en la espalda y la cintura que se han agravado con la edad; sin embargo, el hermano menor de Edward Guerrero es capaz de recordar su niñez y adolescencia en las décadas comprendidas entre los años cincuenta y setenta sin hacer demasiados esfuerzos.

Después de pasar un rato conversando naderías sentados a la mesa en la cocina de su casa, me invitó a que diéramos un paseo por Saginaw. Subimos a su *pickup* e iniciamos el recorrido por calles residenciales. A los pocos minutos nos adentramos en una zona más bien lúgubre de la ciudad llamada Buena Vista, el antiguo barrio donde antes habitaban segregados los mexicanos y los negros, así como quienes arribaban desde otros estados, como fue el caso de su padre y su madre, ambos provenientes de Texas.

Observo casas vacías, abandonadas, lotes arrasados donde antes hubo centros comerciales y escuelas, notablemente el Fort Saginaw Mall, demolido en la década de los noventa, donde Edward cometió una de las tres violaciones que lo llevaron al encarcelamiento.

No queda nada, pero mientras hacemos nuestro recorrido y nos adentramos en el barrio de Buena Vista, miro girar los carretes de la película de los recuerdos de Raymond mientras habla y conduce su camioneta.

Me cuenta que en los años cincuenta, los niños mexicanos iban todos a una escuela llamada Saint Joseph, junto a la cual se hallaba una iglesia católica del mismo nombre, donde las familias mexicanas se congregaban para la misa de los domingos. Apunta hacia un pequeño inmueble de una sola planta ubicado en la calle de Wordsworth que alojaba a la Unión Cívica Mexicana, actualmente una construcción a punto de desmoronarse. En determinado momento, ya casi al oscurecer, Raymond gira a la derecha del camino y se detiene. Ésta es la calle donde crecimos, la calle 24, el número 300, ahí estaba nuestra casa, dice señalando un lote invadido por basura y matojos sin podar.

Raymond cuenta que su hermano Edward era el *golden boy* de la familia, un niño despierto y buenísimo para los deportes. Me asegura que jamás resintió que Edward tuviera ese papel y que nunca se sintió relegado por sus padres, a pesar de la marcada preferencia de don Ignacio por su hijo primogénito, a quien le enseñó a conducir a los diez años, le compró sus primeros palos de golf a esa edad y le dedicaba su tiempo libre entrenándolo para convertirlo en la primera estrella mexicana del golf en Estados Unidos. La madre de ambos, doña Antonia, trabajaba como asistente en la escuela del barrio. Recuerda que tras los disturbios raciales en Detroit en el año de 1967, una auténtica batalla campal entre negros y blancos, las cosas también se pusieron tensas en Saginaw, por lo que su padre decidió mudar a la familia en las afueras de la ciudad, a una localidad rural llamada Montross.

Parecían vivir el "sueño mexicano", afirma Raymond mientras conduce, hasta que, aproximadamente a los doce años, Edward comenzó a rebelarse. Con cada vez mayor frecuencia, Edward se iba con sus amigos de Saginaw y volvía a aparecer hasta altas horas de la noche, para enfado de su padre. Al parecer, la rebeldía de Edward fue un acicate para Raymond, quien siendo un niño de diez años destacaba en la escuela, se portaba bien y siempre hacía lo que sus padres le decían. En ocasiones, Edward regresaba a casa y le regalaba una pila enorme de monedas de veinticinco centavos sin explicar su procedencia, probablemente ilícita, sospechaba Raymond siendo todavía un niño. Recuerda que mientras más se adentraba en la adolescencia, la relación entre Edward y su padre se volvía más problemática, al tiempo que su madre lo protegía interponiéndose entre el chico y el cinturón del padre. En el recuerdo de Raymond, Edward también protegía a su madre. A los catorce o quince años, Edward defendía a su madre en las ocasiones en que don Ignacio llegaba a casa borracho y la tomaba a golpes contra su esposa. Una vez Edward se interpuso entre ambos empuñando un cuchillo. En otro episodio de violencia conyugal, Edward sacó una pistola y la apuntó contra su padre, para escándalo de todos en la casa.

Sin embargo y pese a la rebeldía creciente de Edward, su padre seguía creyendo que el muchacho corregiría el camino; por algo le había dado todo lo que un padre le puede ofrecer a un hijo. La única vez que Raymond vio a su padre levantar la mano y pegarle una bofetada a Edward, don Ignacio terminó pidiéndole perdón de rodillas a su primogénito, quien para entonces había dejado de ser el hijo consentido en casa para convertirse en el rey de la calle.

Raymond tiene un recuerdo preciso de la noche del 31 de octubre de 1971 en que la policía llegó a mitad de la noche hasta las puertas de la casa familiar en Montross, en busca de Edward. Golpearon con fuerza a la puerta gritando que era la policía, la torreta de una patrulla iluminaba la negra noche con luces violáceas; con excepción del propio Edward y de su padre, todos lloraban sorprendidos y agitados, la señora Antonia y sus dos hijas.

Raymond me habla de "la noche que se lo llevaron", así, como si se tratara de una película de vaqueros, los buenos por un lado y los malos por el otro.

Los artículos acerca de los crímenes de Edward y sus amigos que aparecieron en los periódicos contribuyeron a que Raymond se sintiera estigmatizado en la escuela. La gente me hacía preguntas acerca de mi hermano mayor, recuerda Raymond.

No percibo resentimiento en el rostro del hermano menor, a quien la vida también le cambiaría como consecuencia de la noche que se llevaron a Edward.

Para costear abogados en la defensa de Edward, don Ignacio se buscó un segundo trabajo como sastre en Bay City, a treinta kilómetros de Saginaw. Se convirtió en un fantasma que salía de su casa antes de las seis de la mañana y no regresaba sino hasta la medianoche. Comenzó a beber más, se culpaba a sí mismo por haber sido un mal padre.

Hemos vuelto a casa de Raymond. Ha caído la noche en la ciudad. Todavía sentados a bordo de su camioneta, me dice que a lo largo de los años, su padre gastó miles de dólares en abogados para Edward, razón por la cual él tuvo que trabajar para pagarse los estudios universitarios, los cuales no concluyó. Era un buen alumno. Estudiaba ingeniería. Cursó clases entre 1976 y 1978. En 1979, en medio de la profunda crisis económica que azotaba a todo el país, Raymond tuvo que abandonar la universidad y conseguir un empleo de tiempo completo.

Busco algún atisbo de resentimiento en Raymond y percibo, sentados a oscuras, la tenue luz que proyecta el amor que todavía le tiene a su hermano, a Edward, el mismo a quien una noche se llevaron.

Lo primero que hace Edward Guerrero al levantarse en su celda es abrir la Biblia y leer tres pasajes. No tiene un criterio que fije qué pasajes han de ser seleccionados.

La Biblia ocupa un lugar imprescindible en su vida, como la esperanza y la fe, la comida y el ejercicio físico.

Otras lecturas incluyen artículos relacionados con cuestiones de leyes y prisiones, sean lecturas populares o provenientes de fuentes especializadas. Todo lo demás, la literatura, la historia universal, son relegadas a un segundo o tercer plano.

Como buen creyente, en sus cartas y correos es común que cite, exclusivamente, versículos del Libro.

En este libro yo cito a otros autores con la intención de relanzar la escritura. No sé si lo logro, pero sí sé que no soy creyente.

Una tarde, al regresar de mi trabajo, me detuve en el buzón de mi casa y encontré un paquete proveniente de Lakeland. Edward me había enviado un libro que, en función de las regulaciones carcelarias, yo no podría devolverle. Me pareció un gesto excesivo.

Se trataba de un libro, *Just Mercy. A Story of Justice and Redemption*, con muestras de uso y subrayados y notas al margen escritas con lápiz, tal como yo mismo anoto los libros que leo.

Como su título lo sugiere, *Just Mercy. A Story of Justice and Redemption* es el testimonio de un autor, un joven abogado de Harvard, Bryan Stevenson, en el que da cuenta de su descubrimiento del sistema carcelario, de las injusticias cometidas todos los días en cortes y juzgados. La trama gira en torno a la condena a muerte por homicidio en primer grado que recibió Walter McMillan en el estado de Georgia. A lo largo del libro,

Stevenson descubre con asombro la facilidad con la que los jueces imponen sentencias excesivas; de igual manera, Stevenson se aplica en el caso de Walter McMillan y logra demostrar su inocencia.

No es una gran lectura, pero un *blurb* de Desmond Tutu habla de Bryan Stevenson como "un joven Nelson Mandela, un brillante abogado que lucha con coraje y convicción para garantizar la justicia para todos".

Un libro más interesante y útil fue el que adquirí cuando decidí escribir éste, una suerte de manual lo mismo para principiantes que para activistas escrito por un exconvicto, James Kilgore, de título bíblico: *Understanding Mass Incarceration. A People's Guide to the Key Civil Rights Struggle of Our Time*. Publicado en 2015, este libro aborda lo mismo temas históricos que de urgencia en lo que respecta al sistema carcelario y de justicia, la guerra a las drogas, a la inmigración, el pase automático para miles de jóvenes de los barrios más pauperizados a las prisiones, el gigantesco negocio detrás de las cárceles administradas por grandes corporaciones, entre otros.

La política carcelaria vigente prohíbe que le obsequie un libro a Edward Guerrero.

Mejor así. No sabría cuál.

A los dieciséis años, Edward Guerrero se negaba a ir a la escuela y había intentado escapar de la casa paterna en un par de ocasiones. Intervinieron entonces las autoridades locales y, no sin ejercer cierto racismo en su contra, Edward fue internado en una casa para chicos problema, en realidad una bomba de tiempo, la antesala a la correccional de menores.

No me gustaba ponerme *high*, me asegura Edward. Sin embargo, en su cumpleaños número diecisiete, recibió de sus amigos una caja llena a rebosar de cápsulas de *speed* a manera de regalo, el diez de octubre de 1971.

Ése fue su último cumpleaños celebrado en libertad.

Edward me asegura que su inicio en el *speed* databa apenas de un par de semanas antes, que la noche del 20 de octubre de 1971 era la segunda vez que probaba drogas duras, la noche en que la vida de Edward daría un violento giro, un paso en dirección al fondo del precipicio.

El poeta Adam Zagajewski escribió:

Vivimos en un abismo. En las aguas oscuras. En el resplandor.

Entre el 20 y el 30 de octubre de 1971, Edward recorrería, bajo el efecto de un tráiler de drogas, lo mismo el resplandor que la oscuridad.

La noche del 20 de octubre Edward se hallaba en compañía de sus amigos, a bordo del automóvil del padre de uno de ellos. Circulaban por las calles de Saginaw consumiendo cantidades bestiales de *speed*. La noche avanzaba y había llegado la hora de regresar el automóvil, por lo que Edward y sus amigos decidieron quedarse en casa de uno de ellos. Al momento de llegar, se dirigieron directamente al sótano, donde no estarían expuestos a las admoniciones paternales. La droga siguió corriendo como un río, el *speed* les alborotó aún más la cabeza y decidieron caminar al centro comercial ubicado en la calle de Genesee. Llegaron hasta el estacionamiento y pensaron que sería buena idea robar un automóvil para continuar su cósmico viaje alrededor de la noche. Creyeron que ahí encontrarían un automóvil con las llaves puestas. Saturados de drogas, Edward y sus dos acompañantes se sentían los dueños del universo, sin mencionar que se hallaban en territorio de blancos, y a los blancos de Saginaw no les inquietaba ir de compras y dejar las llaves en su automóvil. Las sombras de los tres muchachos brincaban de coche en coche, sin fortuna. Ningún despistado había dejado colgadas las llaves de su automóvil.

Fue entonces que se les ocurrió la idea de esperar a que saliera alguien del centro comercial y arrebatarle las llaves de las manos. Esperaron un rato, el efecto de las drogas no les impidió reparar en que difícilmente podrían asaltar a los varios y fornidos hombres que, desde su escondite en la oscuridad, vieron caminar hacia sus respectivos automóviles. El resplandor iluminó otra vez sus agitadas neuronas: decidieron esperar a que saliera una mujer sola a la cual pudieran sorprender sin que les opusiera demasiada resistencia. Pasó casi una hora antes de que la víctima apareciera. Se trataba de una mujer joven, de complexión pequeña, atractiva incluso.

¡Ya conseguimos aventón!, celebraron los tres amigos.

En la versión de Edward, envalentonados por el efecto del *speed*, se acercaron a la pequeña mujer en el momento en que ésta abría la puerta de su automóvil y se dispusieron a atacarla. Edward tomó la delantera, le pidió las llaves y le gritó que se largara del lugar, pero, para sorpresa de los tres adolescentes, la mujer se negó a hacer lo que le ordenaban. Edward aventó entonces a la mujer hacia el interior del coche. Histérica y queriendo salvar el pellejo, la mujer se ofreció, en cambio, a llevarlos a donde ellos quisieran, pero que por favor no le robaran su dinero ni su automóvil. De alguna extraña manera, la mujer intuyó que las cosas no se resolverían así. "¿Van a violarme?", preguntó. Edward respondió que no, que no lo harían. Sin embargo, Edward la sometió con todas sus fuerzas y acto seguido, dice, la violaron y la secuestraron. Salieron del estacionamiento del centro comercial conduciendo su automóvil, con ella a bordo. Se dirigieron a la casa de otro amigo, donde descendieron los dos amigos y cómplices de Edward, quien manejó un par de calles más hasta que, súbitamente, se detuvo y salió del automóvil, dejando a su víctima y perdiéndose en la densa noche de Saginaw.

Estaban tan pasados de droga, cuenta Edward, que les resultaba imposible dormir. Reunidos en la casa de un amigo a la noche siguiente, 21 de octubre, decidieron regresar al centro comercial con el objetivo de robar un automóvil. Actuaron como antes: esperaron a que una mujer saliera del centro comercial y se dispusiera a abordar su coche. En cuestión de segundos, la mujer fue empujada al asiento trasero del automóvil por uno de los amigos de Edward para violarla. Mi reacción inmediata, afirma Edward, fue dar un paso atrás. La mujer oponía resistencia y forcejeaba contra su atacante. A lo lejos alguien vio a una patrulla recorriendo el estacionamiento. En lugar de correr y escapar, dice Edward, se puso al volante y lo echó a andar, pues no quería que atraparan a su amigo. El motor del automóvil rugió y salieron pitando de ahí. Claramente la intención de mis amigos, afirma Edward, era violar a esta mujer, así que manejé hasta un parque público y les dije a mis amigos hagan lo que tienen que hacer. Edward se bajó del coche a esperar. Al filo de la media hora, decidió participar en la violación.

Pasaron otros diez días más para que Edward y sus amigos volvieran al ataque. He evitado preguntarle a Edward qué hicieron durante ese tiempo. Muy probablemente siguieron drogándose, pues la noche del 31 de octubre Edward y dos compañeros suyos violaron a una tercera mujer siguiendo el mismo método: esperar escondidos a que la víctima saliera de una tienda y someterla al interior de su automóvil.

Tres violaciones, secuestro y robo serían los cargos que Edward, cumplidos apenas los diecisiete años de edad, estaría enfrentando tras su arresto y detención en la cárcel del Condado de Saginaw.

La inhabitual lluvia —por tratarse del mes de diciembre, ahora deberíamos estar enterrados hasta el cuello de nieve— que cae sobre los techados de mi casa y de los vecinos compone una suerte de música de fondo para el insomnio en el que me hallo acorralado desde hace ya un par de horas.

Los insistentes susurros de la conciencia se multiplican gracias al efecto acústico de las gotas rebotando sobre las superficies, techos, calles, jardines de pastos quemados por las heladas previas, todo en una continua cortina de agua cuyas gotas, por separado, me taladran la psique, una suerte de tortura semejante a la que se sometía, eso dicen, a los presos de San Juan de Ulúa, el último bastión que mantuvo el Reino de España frente al puerto de Veracruz en tiempos de la revolución de Independencia.

Por supuesto que exagero. Nadie —más que yo mismo— me tortura.

Los calmantes que he tomado no me han hecho efecto, o si lo han hecho, ha sido para animarme a salir de la cama y sentarme a escribir esto a media madrugada en Michigan, a sabiendas de que, como el agua que corre por las canaletas del desagüe, los estragos del insomnio llevan una sola dirección: el desastre matutino: en pocas horas tendré que levantarme, a estas alturas todavía no sé si del escritorio o de la cama, y prepararme para ir a la oficina y estar ahí hacia las 8:30 o 9:00 de la mañana.

Escribo estas líneas con la sensación, completamente fabricada en mi mente, de estar enfrentando a la intemperie la noche nórdica de Michigan, último reducto fronterizo del Medio Oeste con la zona de los Grandes Lagos, una vasta frontera natural con Canadá.

De un tiempo a esta fecha, la lluvia y las nevadas tienen el efecto de ponerme a pensar en las noches de espanto que habrán conocido los tempranos exploradores franceses en Michigan, Cadillac y una horda de fanáticos lasallistas, en pleno crepúsculo del siglo XVII.

Algo he leído al respecto, pero para efectos de entendimiento, mejor traer a cuento las escenas de martirio infinito de Leonardo DiCaprio y toda la mugre acumulada entre las cuadrillas de tramperos y comerciantes de pieles, tal y como las retrató Alejandro González Iñárritu en ese suplicio continuo de más de dos horas y media, el celebrado filme *The Revenant*.

Si hoy está pesado aguantar semejantes climas, no puedo ni remotamente imaginarme lo que habrá sido esto hace doscientos o doscientos cincuenta años. Sólo con un desconocido grado de demencia o bien con una avaricia a prueba de climas extremos resulta posible aguantar los interminables meses de bajos y encapotados cielos, de nevadas, de lluvia alucinada que ya no sabes si comienza o acaba.

Hasta ahora he tratado de evitar comparar la vida en prisión de Edward Guerrero con la de cualquiera porque es sencillamente incomparable; ni siquiera con ninguno de los más de 160 000 condenados a cadena perpetua que existen a la fecha en Estados Unidos, 2 500 de los cuales fueron sentenciados, como fue el caso de Guerrero, siendo *juveniles*, es decir adolescentes menores de diecisiete años, edad a partir de la cual, en varios estados de la Unión Americana, se trata a los jóvenes técnicamente como adultos a los cuales hay que enjuiciar y sentenciar como tales.

Cada caso es uno.

Es, lo dijo el poeta Eliseo Diego, "una noche dentro de la noche".

No menos incisivo, otro poeta mayor de la lengua, el venezolano Rafael Cadena, escribió estos dos versos que contienen la luz y la oscuridad de la mejor poesía:

En el espejo donde te miras
no hay nadie.

Encuentro en estas líneas que salen como disparadas con la fuerza de un pistoletazo una suerte de subterfugio para hablar, con toda la arbitrariedad del mundo pues nada me da derecho a ello, de ciertos aspectos de la vida de Edward Guerrero y de la mía propia sin caer en la trampa de la más facilona y estúpida de las analogías: creer por un microinstante que, cada quien a su manera, vive en algún tipo de encierro, sea por vía de nuestros deseos no satisfechos, nuestras profesiones, nuestros matrimonios, nuestra fe o falta de ella, nuestros definitivos aciertos y nuestros inolvidables yerros, nuestros pírricos éxitos y nuestros abismales fracasos, etcétera.

Con algunas excepciones, difícilmente recordamos con exacta precisión la fecha de una dicha inesperada, de una felicidad rigurosamente no planeada.

No es por pesimista o aguafiestas, pero a nadie sorprendo cuando digo que lo normal es recordar con mayor facilidad los malos tragos y las malas pasadas.

O en las sabias palabras de mi madre: siempre aprendemos más de los tropezones que de las victorias o las alegrías.

La lluvia se vuelve densa: ha comenzado a nevar. Me levanto para servirme un vaso con agua y aprovecho para mirarme al espejo. La imagen que veo me trae de vuelta los versos de poeta Rafael Cadena.

Es un hecho: a estas horas de la madrugada no hay nadie reconocible al otro lado del espejo y las cicatrices de nuestras caídas nunca acaban de cerrarse por completo.

Por ejemplo, las de las víctimas de Edward Guerrero, Leta Simons, Louaine Hirschman y Catherine Duffet. ¿Qué miran cuando se observan en el espejo? ¿En verdad la imagen que creemos ver logra reflejar a estas tres mujeres sin que el latigazo de la memoria desbarate y haga estallar el espejo en el cual se miran? ¿Qué miran las mujeres de veinte años de edad en promedio, cuyas vidas cambiaron para siempre por efecto de ser sometidas a la salvajez de un grupo de adolescentes intoxicados con drogas duras que les salían hasta por los oídos? ¿Qué historias posteriores —el dolor y la pena, la larga sombra del traumatismo, el daño físico y psicológico, la posible recuperación, las predecibles recaídas, la mancha imborrable, el señalamiento, los murmullos en la calle, la imbecilidad y el veneno inevitables del estigma social, el ocultamiento, la fuga final hacia otra vida alejada de la lobreguez y la oscuridad de la noche más dramática de sus vidas—, qué, me pregunto, esconde u oculta ese espejo?

Imposible saber con qué intensidad recuerdan hoy en día Leta Simons, Louaine Hirschman y Catherine Duffet haber sido bestialmente vejadas hace más de cuatro décadas, en Saginaw, una ciudad a su vez azotada con furia y sin miramientos en el gozne de los turbulentos años sesenta y setenta, con sus pugnas entre blancos, negros y mexicanos, convertida hoy en un tiradero industrial del Medio Oeste americano. ¿A quién miran en el espejo? ¿A las jóvenes mujeres ultrajadas, es decir hacia el pasado, o bien a las señoras maduras, con sus dichas y penas a cuestas en que la vida terminó por convertirlas, desde la eternidad presente de la imagen en el espejo? ¿Hay alguien ahí donde ellas tres se miran?

Otro ejemplo, el propio Edward Guerrero. Estoy seguro, por las largas conversaciones que he sostenido con él, sea en persona cuando lo he visitado en prisión, por teléfono, por correspondencia, que él no se reconoce como el muchacho de apenas diecisiete años capaz de asaltar y violar, ni tiene plena conciencia del joven drogado hasta las narices que cometió esos crímenes haciendo uso de la más atroz violencia, demostrando una brutalidad incluso difícil de aceptar para quienes, como yo, lo conocemos como un hombre ciertamente avejentado por el largo encierro, pero aun así en forma y orgulloso dueño de sus plenas facultades físicas y mentales. Estoy seguro de que él mismo toma por exactas las versiones que platica acerca de esa atroz semana de excesos, demencia y violencia. Quizá no podría soportar recordar las cosas tal y como en verdad sucedieron, con sus detalles más espeluznantes. Quizá se volvería loco, no por efecto de los cuarenta y pico de años vividos tras las rejas, el inclemente paso de un tren de carga al que nadie sobrevive, sino por el taladro en la psique al que lo someterían el recuerdo puntual de los hechos, tal como pasaron, no como los recuerda. Quizás el hombre de sesenta y dos años, sonriente y jovial que conocí hace ya varios meses, se derrumbaría como uno de esos casinos que, de tanto en tanto, dinamitan en Las Vegas para construir uno nuevo sobre las ruinas del anterior y que todos hemos visto alguna vez en televisión o en YouTube. Quizá si ello ocurriese Edward Guerrero experimentaría la tremenda sacudida del reencuentro con quien fue y con quien es el día de hoy. Quizás acudiría a la largamente esperada cita con un poema de William Carlos Williams:

La memoria es una suerte de cumplimiento,
una renovación
—y más: una iniciación:
los espacios
que abre son lugares nuevos,
poblados por hordas
hasta entonces inexistentes [...]*

* Trad. de Octavio Paz.

Por eso aún creo que Edward Guerrero dice la verdad, su verdad, cuando habla de los crímenes que cometió hace más de cuarenta años. Yo veo, precisamente en el hecho de que omita los detalles más macabros de los mismos, la suerte de cumplimiento con la memoria de la que habla el poeta estadounidense, en este caso la memoria de una vida que incluye el horror de pasar tu vida entera en la cárcel.

Dije que no lo haría, que no haría comparaciones, pero el poeta Roberto Juarroz escribió que hay misterios cuyo mayor misterio es su claridad.

Me refiero a la claridad con la que Edward Guerrero lleva la cuenta de los días, meses, años, décadas, que ha vivido encarcelado, tal como yo llevo el registro, cuatro veces al día, de mis niveles de glucosa, forzado a ponerle fecha precisa a cada día y por ello forzado también a saber en qué chingado día vivo: mi salud y mi diabetes no se pueden dar el lujo de pasar por alto marcar el dato en la bitácora, día tras día, mañana, tarde y noche por el resto de mi vida, casi como si se tratara de llevar un diario, pero con la medición de los niveles de azúcar en mi sangre en lugar de confidencias, ideas, pensamientos, esbozos de algún proyecto, vueltas sin fin alrededor del mismo círculo. Naderías.

En algún lugar de mi mente, o de mi imaginación, pues a veces no encuentro la exacta frontera entre ambas, he llegado a la ridícula idea de que escribir este libro, esta novela sin ficción, nos librará a ambos, a Edward y a mí, de nuestras respectivas cárceles. Hallo en esta idea ñoña un pequeño diamante: los mundos de la ficción y de la llamada realidad están más entrelazados en nuestras vidas de lo que pensamos, de lo que estamos dispuestos a aceptar.

Se escucha un bip en la habitación adyacente. Suena mi despertador.

Durante las últimas semanas del otoño, y justo cuando comenzaba a asomarse el invierno —días grises, sin un rayo de sol, oscuridad y anocheceres tempranos, a partir de las 4 o 5 de la tarde— recibí una vez más la visita de esa invitada inevitable y nunca bienvenida. De hecho, tal pareciera que toma su tiempo para hacer su arribo, con discreción, como haciendo todo lo posible para pasar desapercibida: la depresión y sus episodios de angustia.

Si algo aprendí después de casi siete años de psicoterapia y psicoanálisis es que la depresión no tiene remedio. Quien ha sido visitado por el perro negro de Churchill, como el viejo y mal encarado estadista británico solía llamar a tal afectación emocional, no puede vivir seguro de que el mal no regresará algún día, ni siquiera después de haber pasado por largas temporadas intentando desmenuzar sus causas y deshacer el nudo que la depresión te implanta en la psique, desmotivado, una sensación de cansancio que no cesa, incapaz de pensar en otra cosa que la depresión y el temor, yo lo llamo angustia o ansiedad anticipatorias, causadas por el temor de seguir deprimido. Sobre el asunto no tengo mucho más que añadir. Ya el escritor estadounidense William Styron expuso de manera brillante y valiente de qué va la depresión, sus síntomas, sus fardos invisibles, sus ineludibles trampas, sus sinuosos y siniestros recorridos alrededor de la mente, en su brillante y valiente ensayo *Esa visible oscuridad*, considerado con justa razón un clásico sobre el tema.

Vino la depresión y no pude evitar sustraerla de mi correspondencia y conversaciones con Edward Guerrero.

En cierta ocasión, afectado sin duda por la depresión, le pregunté cómo le hacía, cómo le había hecho para soportar ya más de cuatro décadas en prisión y no volverse loco. Edward es un hombre religioso, un creyente que viste un chaleco a prueba de ateos.

Me despierto y, dijo, leo mis cuatro devociones, dos de ellas enfocadas a la persistencia. Después, siempre rezo y me digo no te des por vencido. Las Sagradas Escrituras han sido mi guía. La sociedad, añadió, mantiene sus reservas debido a que continúa limitando el poder de Jesús. Al Todopoderoso no le importa: los milagros siguen ocurriendo.

Edward es también un tipo intuitivo. Sin saber que era el día de mi cumpleaños, me escribió en una carta:

Bruno, hay algo que debo compartir contigo, pues tengo entendido que tu relación personal con el Señor es cuestionable. Uno de los factores clave para mantenerme cuerdo en este mundo de dementes en el cual literalmente crecí y me convertí en un adulto, envejeciendo incluso, es mi fe. Y sobre todo, que cada día trato de fortalecer mi fe. Es a través de la fe como puedo levantarme y, antes de poner los pies en el piso, darle las gracias a Dios por estar vivo.

Desde su celda en la cárcel de Lakeland, sabía bien que yo no la estaba pasando nada bien esos días. Imposible abrazar la fe que Edward Guerrero, desde su celda, ubicada al fondo del bosque, trataba de transmitirme. Hacía un esfuerzo colosal para levantarme de la cama, ducharme e ir al trabajo. No había mañana que no llorara en la ducha. No podía concentrarme. No soportaba la soledad. Todo era un categórico no. Me acongojaba pensar que quizá siempre estaría solo, sin compañía, sin alguien con quien compartir mi vida y de quien pudiera estar enamorado. Desconsolado, ése era el estado en el que me hallaba esas semanas negras. Llegué a creer que había perdido el apetito por la vida y que tal vez no sería mala idea hacer las maletas y tomar la delantera. Una noche bajé al sótano de mi casa y me quedé observando varios minutos las vigas del techo.

Quién lo dijera, sin haber puesto jamás un pie en una celda, quien parecía estarse volviendo loco era yo.

Quién lo dijera, Edward Guerrero, quien aspira desde hace más de cuarenta años a ser libre y no podrían importarle un cacahuate los efectos cualesquiera de la escritura, me mandó otra carta en la que casi me gritaba: Cuando me siento deprimido o enojado, ¡tecleo en la máquina de escribir!

En la misma carta, me pedía que leyera Éxodo: 11-13:

11. Y sucedía que cuando alzaba Moisés su mano, Israel prevalecía; pero cuando él bajaba su mano, prevalecía Amalec.

12. Y a Moisés le pesaban las manos; por lo que tomaron una piedra y la pusieron debajo de él, y se sentó sobre ella; y Aarón y Hur sostenían sus manos, uno de un lado y el otro del otro; así hubo en sus manos firmeza hasta que se puso el sol.

13. Y Josué derrotó a Amalec y a su pueblo a filo de espada.

Un pasaje justo, valiente, que agradecí a vuelta del sistema penitenciario de correo electrónico, controlado y mediado por una página especial de internet, por el cual nos escribimos, casi como una prueba más de que Edward Guerrero y yo vivimos, para efectos prácticos, en dos planetas distintos: el del uso restringido y monitoreado de los *e-mails* que redactan los reclusos en las cárceles de Estados Unidos y el del acceso total a Facebook, la *web*, las pútridas redes sociales, la modernidad líquida, etcétera: todo eso que no nos es indispensable, imprescindible para vivir, y que incluso es un obstáculo para aceptar la vida como viene, con sus altibajos, con sus dichas y sus sinsabores también pasajeros, con sus momentos de gloria y sus pasajes aciagos, trágicos; todo eso que no aceptamos.

No soy, ya lo dije, un creyente, acaso un agnóstico cuya confusión tiene, en los buenos ratos, el tamaño de mi optimismo, tal como Lucilio titula este poema a la vez arcaico y actualísimo que, a la fecha, le sigo debiendo a Edward Guerrero, el preso número 133491 según el registro del Departamento de Instituciones Penitenciarias de Michigan:

No pienses en el día oscuro, en el día en que nadie
responde, en el día en que tienes a un dios enfrente.
Piensa en la otra jornada, aquella en que venciste
al enemigo o ganaste en el juego, aquel día feliz
en que todo te sonreía. Que tu ejemplo en la vida
sea siempre lo que gozaste, no el sufrimiento.

Habitantes, como dije, de planetas distintos, incluido desde luego el mundo de la fe, Edward y yo coincidimos, empero, en la aceptación de nuestras respectivas realidades, cosa no del todo evidente cuando ambos vivimos y padecemos también la frustración de vivir acorralados por la larga sombra de la soledad, día tras día, todos los días.

Cuando digo que la depresión no tiene solución lo hago para ejercer una suerte de *reality check*, no como una fatalidad, de la misma manera que Edward Guerrero persigue por todos los medios disponibles su derecho al indulto, sin importar que se lo hayan negado en doce ocasiones.

Con el tiempo he aprendido que aceptar que no hay remedio para la depresión es una forma de liberarme de ella. Yo, agnóstico, regreso al Éxodo para recoger la espada de Josué. La misma que Edward Guerrero lleva empuñando más de cuarenta años.

Tal como lo prometió cuando lo visité en sus cuarteles y tras el pago de mi membresía —quince dolaritos por un año— a la Asociación de Condenados a Cadena Perpetua de Michigan, el General Willis Harris me manda a vuelta de correo la publicación *The Michigan Lifers Report*, de la cual funge como editor en jefe, asistido por Shirley Bryant y el consejero legal Kenneth Foster Bey.

Se trata de un boletín mensual con temas variados: la reforma del sistema penitenciario, la cadena perpetua y los sentenciados a la misma y, vistos desde diversos ángulos, actualidad legislativa, artículos sobre las condiciones en las que viven hombres y mujeres tras las rejas, testimonios de presos y exconvictos, cartas al editor, etcétera.

El correspondiente al mes de enero incluye un artículo que me llama de inmediato la atención, "El aislamiento devasta el cerebro: la neurociencia de la confinación solitaria", lo firma Carol Schaeffer y a continuación lo transcribo:

Dolores Canales parece no lograr comportarse como lo hacía antes. Ha pasado toda su vida en Anaheim, California, y, declara, no logra orientarse y se pierde en su ciudad de origen. Siente que los veinte años que vivió en prisión, en especial los dieciocho meses que estuvo en confinamiento solitario, le han generado secuelas permanentes en su sentido del espacio y la ubicación.

Investigaciones recientes indican que el confinamiento prolongado no solamente causa profundos daños psicológicos, sino que también puede alterar significativamente la estructura del cerebro. En un panel de discusión en torno a la confinación solitaria, parte de una conferencia de dos días organizada el mes pasado por la Escuela de Leyes de la Universidad de Pittsburgh, neurólogos abundaron en los efectos neurológicos degenerativos de este tipo de práctica, común en las cárceles.

"El cerebro cuenta con mil millones de células, tres mil millones de conexiones", dijo el Dr. Huda Akil, profesor emérito de neurociencia en la Universidad de Michigan. "Se trata de un órgano cuya función es social. El cerebro necesita interactuar con el mundo."

El Dr. Akil es especialista en los efectos de las emociones en la estructura cerebral, especialmente los cambios hormonales derivados del estrés. De acuerdo a Akil, las hormonas del estrés pueden causar cambios dramáticos en el hipocampo, "el mayordomo del cerebro". El hipocampo controla la manera en la cual nuestros sentidos se traducen al resto del cerebro, al tiempo que se encarga de nuestras relaciones y vínculos con los espacios exteriores.

Se ha demostrado que las hormonas causantes del estrés "rescriben el ADN" y recablean el cerebro, dice Akil. Estos efectos hormonales en el hipocampo alteran la percepción del espacio y la capacidad de ubicación espacial y direccional. El "GPS interno" del cerebro sufre una transformación disruptiva, la percepción del sentido de profundidad se altera, a la vez que la relación entre el cuerpo, el espacio y cualquier objeto se modifica, perdiendo calibración.

A Canales, también activista y líder de la organización Familias de California en Contra del Confinamiento Solitario, esto le resulta familiar. Afirma que su sentido del espacio está alterado de forma permanente. "Debería echarle una mirada a mi apartamento. Recién me había mudado, era incapaz de llegar a la puerta. Hasta el día de hoy, añade, sus amigos le dicen que su pequeño apartamento está montado como si fuera una celda de prisión.

Canales estuvo confinada a su celda veintidós horas al día. "Ahí tenía una ventana. Los guardias me llevaban afuera todos los días. Salía para encontrarme con otras prisioneras", rememora.

Canales sabe que tuvo mejor suerte que las personas que enfrentaron condiciones más duras en otras cárceles, como Pelican Bay, donde su hijo, John Martinez, estuvo confinado durante más de diez años. Estar en confinación solitaria le causó serios estragos. "Me despertaba a mitad de la noche, con el corazón agitado", describe. "No lo digo para que la gente piense que sufría. Se trataba de una ansiedad real".

Otros sobrevivientes de las prácticas de confinación solitaria presentan síntomas similares. Robert King estuvo bajo confinamiento en una prisión de Luisiana durante veintinueve años, viviendo en un espacio de tres por dos metros, veintitrés horas al día, hasta su liberación en 2001. En 2004 declaró a la BBC: "He llegado al punto en el que me pierdo cuando camino cerca de mi casa". La desorientación que describen King y Canales es consistente con el daño ocasionado al hipocampo por pasar largas temporadas en confinación solitaria.

Albert Woodfox también vivió en confinamiento solitario durante cuarenta y tres años, hasta su liberación en febrero de 2016. A pesar de estar consciente de las dificultades del problema de reabsorción social en su caso, Woodfox asegura experimentar profundos impactos en su interacción con otras personas: "Lo siente físicamente. Hay un ritmo muy diferente, la manera en que caminas, conversas con gente, la conciencia de tus propios sentidos… Todo se volvió más intenso. He aprendido a ajustarme ya que gastaba más energía en libertad que confinado en la celda de la cárcel".

Akil señala la falta de estudios de imágenes del cerebro de personas que han vivido largos periodos de confinamiento. El propio historial de abusos de dicha práctica ha ocasionado que se desautoricen este tipo de estudios para su análisis científico. Sin embargo, insiste, "lo que ya conocemos del cerebro nos indica un cambio definitivo a partir de la confinación solitaria".

Según el Dr. Michael J. Zigmond, profesor de neurología de la Universidad de Pittsburgh, se dedica a estudiar el confinamiento en ratones. Los resultados hasta ahora obtenidos apuntan hacia una diferencia medible en términos de menor interconexión neuronal y menos sinapsis neuronal cuando se les compara con ratones que viven y socializan en grupo.

En la misma conferencia en la que participó el Dr. Akil, el profesor Zigmond expuso los resultados de su experimento, el cual aislaba por separado a un determinado número de ratones en lo que llamó "la caja de zapatos", mientras que mantuvo a otro grupo en un espacio compartido y con equipamiento para ejercicios físicos.

"La forma en que se diseñaron las cajas de zapatos corresponde a las condiciones de confinamiento solitario. Los ratones pueden percibir la presencia de otros ratones, pero no pueden verlos ni interactuar de ninguna manera. Por el contrario, los ratones que convivieron libremente sugiere un modelo de representación de la interacción social entre presos en condiciones normales."

Para poder llevar a cabo este tipo de experimentos, el profesor Sigmond debe obtener permisos especiales de las agencias en pro de los animales, en tanto que la confinación prolongada supone condiciones de trato cruel. "Para estas agencias es bastante claro que el confinamiento resulta inaceptable."

Estudios en seres humanos y primates son inexistentes, por ser considerados inhumanos por parte de la comunidad académica. Sin embargo, algunos estudios realizados a mediados del siglo XX conllevaron a reformas mayores en la ética experimental.

Así por ejemplo, en 1951, con objeto de realizar un experimento de remoción sensorial, investigadores de la Universidad de McGill le pagaron a un grupo de estudiantes de posgrado para que permanecieran en pequeñas recámaras equipadas solamente con una cama. Se suponía que los estudiantes estarían bajo observación por un periodo de seis semanas, sin embargo ninguno aguantó más de siete días. Los estudiantes abandonaban el experimento tras declararse incapaces de "pensar con claridad acerca de cualquier cosa durante la mínima duración de tiempo", mientras que algunos otros reportaron experimentar alucinaciones.

En otro experimento célebre de los años cincuenta, el psicólogo de la Universidad de Wisconsin, Harry Harlow, reunió a un grupo de macacos en una recámara solitaria. Harlow encontró que los macacos mantenidos en confinamiento acababan "profundamente perturbados, mantenían la vista fija o moviéndose durante largos periodos de tiempo alrededor de la recámara, llegando incluso a automutilarse". La mayoría que duró menos en confinación pudo readaptarse una vez concluido el experimento, no así aquellos que estuvieron encerrados por más tiempo. "Doce meses de aislamiento casi aniquiló socialmente a los animales", escribió Harlow.

El Dr. Akil subraya el papel de apoyo que tiene el contacto social para la estabilidad del cerebro y la liberación de estrés. Sin embargo, las hormonas del estrés nunca desaparecen por completo. "Mientras más tiempo se mantiene en aislamiento a la persona, peor es el daño", afirma.

"El confinamiento devasta el cerebro. No hay duda de ello", dice el profesor Zigmund. "Sin aire, podemos sobrevivir tan sólo unos minutos. Sin agua, algunos días. Sin comida, algunas semanas. Sin actividad física, nuestra expectativa de vida se reduce por años. La interacción social es parte de estos elementos básicos de la vida."

Canales y otros activistas asistentes a la conferencia expresaron confianza en que, con el aumento de evidencia que prueba el daño neurológico causado por la confinación, habrá mayores elementos para combatir el confinamiento solitario. Canales no tiene dudas acerca de los efectos a largo plazo, basándose en su experiencia y en la de su hijo. "Hay una ansiedad que a la fecha me afecta. Me altero si llueve. Todo adquiere una mayor intensidad", dice. "Me mortifica pensar en toda esa gente que no puede sentir la lluvia, o los rayos del sol, que están ahí atrapados."

En principio, quien lee una novela no espera que la realidad, descarnada y expuesta sin los filtros de la imaginación, se imponga al cuerpo del texto. Balzac y Flaubert no nos hablan en sus novelas de la lata que les daban sus acreedores, que al parecer no eran pocos y sí muy obstinados. Pienso que si las novelas que hemos leído siguen las convenciones propias del género, también las rompen todo el tiempo. Ésa es la historia de la novela. No veo por qué en una novela sin ficción como ésta los asuntos del día no puedan encontrar su lugar y enredarse en el zarzal de la trama que su historia cuenta.

¿Hacia dónde quiero ir con esta reflexión, se preguntará el lector? ¿Cuál es la pertinencia o relevancia de mis afirmaciones?

La respuesta es a la vez triste y sencilla.

Me explico.

Dos días después de que Donald Trump asumiera la presidencia de Estados Unidos de América, ante la mirada atónita de propios y ajenos, de ciudadanos americanos, pero también del mundo entero, decidí tomar la ruta y manejar hasta la cárcel de Lakeland. No estoy del todo seguro, pero creo que esta visita dominical fue la primera que, de todas cuantas he realizado, me provocó una sensación de desahucio, de depresión, y también fue la primera en que, pasadas tres horas conversando en compañía de Guerrero, estuve a punto de tener un ataque de pánico, al salir caminando del recinto de Lakeland y hallarme en la más espesa y tétrica neblina del Michigan profundo, y del cual salí librado de milagro, pues la perspectiva de manejar dos horas de vuelta en absoluta oscuridad me pareció, al momento de subirme al automóvil, aterradora. Todo ello fue inesperado, no llevaba los ansiolíticos que siempre cargo conmigo como medida preventiva, así que tuve que jalar fuerzas de muy dentro de mí y rendirme a la música de Nick Cave & The Bad Seeds —el álbum *Nocturama* para ser precisos— y a la interpretación de las *Suites francesas* de Bach en versión de Glenn Gould, para lograr calmar las ansias: material suficiente para bajarle la histeria a un hombre espantado y confundido —es decir yo mismo— ante la aventura de conducir dos horas de camino en plena noche.

Atención: cuando hablo de tristeza no sólo me refiero a las condiciones climáticas a las que hube de enfrentarme en el culo mismo de Michigan, sino también al efecto que me causó mi conversación con Edward Guerrero.

Habíamos acordado la cita desde días antes, pero no pude llegar a la hora convenida por cuestiones domésticas y porque los domingos no soy precisamente el hombre más dinámico sobre la faz de la Tierra. Salí de mi casa lo suficientemente tarde como para no tener tiempo de almorzar, como es mi costumbre, una hamburguesa en un restaurante local, Jeannie's, así que tuve que improvisar un almuerzo en el interior de mi automóvil compuesto de manzanas, queso y una barra de cereal.

Mientras comía, reparé en la serie de edificios de una planta, con techo de dos aguas, que conforman la cárcel de Lakeland, espaciados por huertos que cultivan los presos, unas canchas en las que hacen ejercicio y caminan y los corredores al aire libre que conectan a toda la prisión.

Con excepción de las alambradas y los rollos de alambre de púas, la visión me recordó, francamente, a la de una escuela cualquiera, típica.

De hecho, por una siniestra coincidencia, la que fuera la Escuela Pública Estatal de Coldwater, fundada el 21 de mayo de 1874 por los legisladores de Michigan que apoyaban la causa de los niños sin hogar, de cuatro a dieciséis años de edad, fugitivos o abandonados por sus padres, se halla todavía en pie, adyacente al estacionamiento de la prisión, prácticamente en los mismos parajes verdes o blancos, dependiendo de la estación del año. Se trata de una sólida edificación de tabique rojo que, en una primera impresión, de no ser porque está cerrada a cal y canto, podría incluso parecer una primera versión de la cárcel de Lakeland. En este hospicio decimonónico, se lee en la placa que lo designa como Sitio Histórico de Michigan, los niños —renegados unos, rebeldes otros— asistían un tercio del día a la escuela, otro tercio lo dedicaban a actividades recreativas y un último más a la obtención de un oficio. Una vez concluida su estancia, eran regresados a sus hogares de origen o bien adoptados por familias conocidas en la localidad.

Se me atora en la garganta un trozo de manzana al llevar a cabo una simple y a la vez compleja y aterradora operación: identificar escuela con cárcel. En realidad estoy descubriendo el agua tibia, pues horas después, en mi casa, regresaré a las páginas de *Vigilar y castigar* en las que, famosamente, Michel Foucault desmenuza los "dispositivos" disciplinarios espaciales y corporales a partir de los cuales se funda no sólo la cárcel moderna, sino la escuela, los cuarteles militares, el sitio de trabajo y un sinnúmero de lugares públicos. Acerca de la escuela, escribe Foucault:

La organización de un espacio serial fue una de las grandes transformaciones técnicas de la enseñanza elemental. Permitió sobrepasar el sistema tradicional (un alumno que trabaja unos minutos con el maestro, mientras el grupo confuso de los que esperan permanece ocioso y sin vigilancia). Al asignar lugares individuales, ha hecho posible el control de cada cual y el trabajo simultáneo de todos. Ha organizado una nueva economía del tiempo de aprendizaje. Ha hecho funcionar el espacio escolar como una máquina de aprender, pero también de vigilar, de jerarquizar, de recompensar.

Bajo los mismos supuestos funcionales y sus correspondientes efectos espaciales, uno podría extrapolar la aplicación de los ordenamientos disciplinarios a las torres de apartamentos donde vivimos, a los centros comerciales por los cuales deambulamos, a los edificios públicos en los que nos internamos para hacer algún trámite, a los hospitales donde vamos a atendernos, a los estadios donde asistimos a ver un juego de futbol. Según el pensador francés, el propósito de todo dispositivo disciplinario y jerarquizante es garantizar la obediencia de los individuos y transformar a las masas brutas en "multiplicidades ordenadas".

Lo cierto es que en ningún sitio como la escuela o la prisión, nuestros movimientos y gestos siguen patrones predecibles, estrictos, regulados y controlados.

A los pocos minutos de descender del automóvil me toca, como en anteriores ocasiones, comprobarlo.

Seguí el protocolo que dicta el reglamento —fuera abrigos, reloj, cinturón, cartera—, junto con una pila de monedas para ser usadas en los dispensadores de gaseosas, sándwiches empaquetados y otras inmundicias que se venden en estas máquinas de alimentos procesados dispuestas en la sala de visitas, me guardé la llave del casillero, donde se colocan las pertenencias, en el bolsillo del pantalón y me sometí a la revisión correspondiente.

Todo corrió sin contratiempo.

O casi todo, pues me costó un trabajo del demonio concentrarme en la conversación, no olvidar los tres o cuatro asuntos que había anotado en mi libreta y memorizado a medias para ser tratados con Edward Guerrero.

No era para nada la primera vez que nos sentábamos entre otros reos y sus visitantes para conversar. Sin embargo, esta vez la visión de la sala de visitas me sentó como un batazo en la cabeza. A pesar de la sempiterna sonrisa de Guerrero, no pude evitar deprimirme al voltear continuamente y ver a mi alrededor la realidad, digámoslo así, de cuanto tenía a la vista: dos hermanos, tatuados hasta las cejas con insignias de supremacistas blancos, apenas comunicándose entre sí, mostrando las mismas fauces de fachos que su nuevo presidente; un par de familias afroamericanas, más escandalosas en sus afectos, motivo por el cual el guardia en turno se levantó al menos un par de veces para aplacarlos llamándoles la atención. Y la comida chatarra, y la pizza de horno de microondas, y lo peor, la absoluta indiferencia de un blanco WASP, menos tatuado que los dos hermanos cara pálida, ante dos niños que supuse eran sus hijos, quienes movían las piezas de un juego de mesa, de esos que les prestan en la sala de visitas, supongo que para volver el tiempo más soportable tanto para el padre encarcelado como para sus vástagos, abstraídos o cautivos ellos también en una realidad ajena.

Me costó un huevo, pero al final pude tener la conversación que quería con Edward Guerrero, si bien ésta tampoco estuvo exenta del desvelo de realidades paralelas por su parte.

Comenzamos por su relación con su hermano, Raymond. Si bien a la fecha mantienen una relación cordial y distanciada, quise inquirir en la evolución en ese vínculo a lo largo de los años, especialmente porque en su juventud Raymond había hecho un esfuerzo sobrehumano para distinguirse de su hermano mayor: estudiante ejemplar, hijo ejemplar, marido y abuelo ejemplar. Sabía que Raymond había abandonado la universidad porque, en su versión, todo el dinero del jefe de la familia se iba en abogados. Al escucharlo hablar a pregunta expresa, me pareció que Edward aceptaba parcialmente esa versión, sin embargo, hizo hincapié en las aventuras amorosas, de las cuales Raymond jamás me habló, que el hermano menor cultivaba en la universidad. En la versión de Edward, Raymond había abandonado la universidad por su propia voluntad, a raíz del rompimiento con una chica que lo volvía loco. La chica en cuestión había decidido dejar la escuela y Raymond la siguió, nada más que no estaba invitado para la siguiente fase. En otras palabras, a Raymond lo habían mandado a la chingada y ésa era la razón por la cual había decidido, con tan sólo un año más por delante para la titulación, dejar los estudios y buscarse un empleo en Saginaw, donde trabajó muchos años para una compañía de gas, hasta que un accidente acaecido en 2005 lo mandó sin escalas a la incapacidad laboral.

Le pregunté si alguna vez había sentido algún tipo de resentimiento y la respuesta fue positiva. Los delitos de un hermano habían contribuido a que el otro hermano no viviera el *American Dream* como era debido. Dicho resentimiento, comentó Guerrero no sin cierto recelo, como no queriéndolo aceptar, se hacía patente cuando le pedía favores especiales a su hermano, por ejemplo, contactar y llamar por teléfono a personas que pudieran ayudarlo de alguna manera. Los años terminaron por hacer su trabajo: Raymond se cansó de ser el correveidile, y si bien se hablan por teléfono todas las semanas, hace más de dos años que no visita a Edward en la prisión.

Otro tema que traía en mi agenda mental era la paternidad y la creación de una familia. Tomé la que consideré la ruta más suave para abrir el juego. De entrada le declaré sin tapujos:

—Tú y yo tenemos algo en común, Edward. Por las razones que sean, no hemos encontrado a la mujer con quien formar una familia. La paternidad nos ha sido elusiva.

Esperé su reacción a mi comentario antes de preguntarle cómo, a lo largo de los años, se había visto confrontado por este hecho doloroso.

Edward se reacomodó en su asiento y volvió a sonreír, como si yo hubiera bromeado respecto a un tema que, hasta la fecha en que escribo esto, me pesa en el alma como un tren de carga. Durante nuestras primeras conversaciones, Edward me había confiado que, una vez liberado, su plan era tener un hijo, pues se trataba de una ilusión que sus más de cuarenta años de cárcel no había logrado erosionar en lo más mínimo. Si había sido posible para él casarse estando refundido en la cárcel, lo de menos sería procrear.

—No puedes darte por vencido —me respondió Edward dándole la vuelta completa a la cuestión, y agregó—: debes aprovechar tu situación y conseguirte una chica a la que no le importe que Michigan no sea tu hogar, que un día te vas a ir… O también puedes payasear un poco y embarazar a una mujer. Tú lo puedes hacer.

—Sí podría —contesté solamente como para seguirle la corriente antes de volver a plantarle la estocada que, todo parecía indicar, no estaba dispuesto a recibir.

Sus rodeos a mi pregunta comenzaron a ser fastidiosos y repetitivos.

Aquello parecía una corrida de toros, o una carrera a toda velocidad hacia el abismo. La seguridad y certeza con que Edward hablaba de preñar una mujer al salir de prisión comenzaron a levantar un muro frente a mí, hallándonos los dos sentados a escasos centímetros uno de otro, como una prisión dentro de otra prisión.

Yo soy una muralla, dice un verso del Cantar de los Cantares.

Aquel domingo, Edward había erguido su propia muralla, su realidad paralela quizá con objeto de mantener la esperanza y no volverse loco después de cuarenta y cuatro años recluido en prisión.

No quise golpear los muros de la especie de realidad paralela de Edward, quien en un *e-mail* reciente me había escrito:

A pesar de tener más de sesenta años, creo que buscaría una dama, una mujer en sus treinta, capaz aún de dar a luz a un bebé. Asumo que puedo atraer a una mujer en sus treinta, por esa razón me mantengo en forma, para que no sea difícil atraer al tipo de mujeres en las que estoy pensando. Por eso no he quitado el tema en mi lista de cosas por hacer en la vida.

Para no hablar de lo que podría pasarle a él en sus planes de vida, me contó la historia de un preso mexicano, conocido suyo, de sesenta y siete años de edad, también condenado a cadena perpetua por haber asesinado de un tiro a su antiguo patrón. Este migrante indocumentado, que había llegado a Michigan para trabajar en el campo como lo hacen cientos de mexicanos cada año, se negaba a solicitar indulto, prefería a todas luces morir en prisión. No tenía a nadie en la vida, nadie se acordaba más de él, su familia estaba en México y con el paso de los años le habían dejado de escribir cartas. Había sido abandonado por todas las personas que lo conocían y había tomado la decisión de esperar la muerte en su celda.

Yo también me rendí y cambié de tema al percibir que caminaba sobre la cuerda floja. Le pregunté entonces a Edward si alguna vez había estado en confinamiento solitario.

Hacía apenas unos días había leído un artículo publicado en *The New York Times* que trataba el tema del aislamiento social como fenómeno epidémico en la sociedad estadounidense. Lo firmaba un médico, Dhruv Khullar. Le había preguntado a uno de sus pacientes a quién contactar ante la inminencia de la muerte. A nadie. Cero amigos, cero familia. Según Khullar, el aislamiento social tiene consecuencias físicas, mentales y emocionales graves, y éste ha crecido al doble desde los años ochenta del siglo pasado. De acuerdo con estudios consultados por el autor del artículo, los individuos que viven con el nivel mínimo de interacción social padecen trastornos del sueño, alteraciones en su sistema inmunológico y mayor secreción de hormonas del estrés. El aislamiento social, explica Khullar, acelera el declive de las capacidades cognitivas. Quienes lo viven, tienen el doble de posibilidad de morir de manera prematura. No sorprende que en su artículo Khullar haga referencia explícita a las redes sociales como pésimas sustitutas del trato humano. La salvación está en la vida comunitaria, un importante rasgo cada vez más ausente en nuestras vidas. O como señaló hace años Zygmunt Bauman: "*comunidad* es hoy otro nombre para referirse al paraíso perdido al que deseamos con todas nuestras fuerzas volver, por lo que buscamos febrilmente los caminos que pueden llevarnos allí".

En el mundo que habita Edward Guerrero hay aislamiento y esperanza, así sea de recuperar lo irrecuperable: el tiempo de la vida.

Jorge Luis Borges escribió:

Tu materia es el tiempo, el incesante
tiempo. Eres cada solitario instante.

Fue en el lejano año de 1975, en la prisión de Marquette, en la península norte de Michigan, donde Edward Guerrero inició su solitario instante de confinamiento a lo largo de dieciocho meses, que hubieran podido ser más de no ser por la petición de su familia para cambiarlo a otra cárcel.

En esos años, Edward era el cabecilla de una red de narcotráfico al interior de la prisión de Marquette. La droga, sobre todo heroína, fluía entre los presos gracias a los contactos que Edward mantenía con los narcotraficantes de la ciudad de Detroit. Era respetado y todo mundo lo sabía: Edward Guerrero, con apenas veintiún años de edad, era el capo indiscutible de la droga en la cárcel de Marquette.

Eso hasta que las operaciones ilícitas de Edward llegaron a oídos del Alguacil en Jefe de la prisión y lo mandó llamar. Su advertencia fue clara y no dejaba lugar a dudas: vete con mucho cuidado, Ed, que te voy a pescar. A lo cual Edward respondió, confiado de sí mismo y de su juventud: no lo creo, dijo, todos los guardias aquí son unos pendejos ineptos. No importa que lo sean, te voy a agarrar, pequeño pedazo de mierda mexicana, amenazó el Alguacil en Jefe. Si me vas a agarrar, reviró Edward, que sea limpiamente, no poniéndome una trampa, como hombres.

El Alguacil no cumplió su palabra. La trampa fue puesta colocando un "contrato" por la cabeza de Edward Guerrero entre los guardias de la prisión. La recompensa: una semana de vacaciones en cualquier momento del año. A muchos guardias no les interesó el asunto, pues preferían llevar las cosas en paz con Edward antes que entrometerse en asuntos tan delicados como la distribución de drogas duras en la cárcel. Sin embargo, siempre hay una manzana podrida y ambiciosa. En este caso, un guardia novato, recién llegado a Marquette y cuyo periodo vacacional era el peor de todos por ser el último de la lista dada su contratación reciente, fue quien se encargó de montar la emboscada. A la fecha, Edward se sigue ufanando de que el maldito novato no pudo agarrarlo con las manos en la masa, es decir en posesión de drogas, sino que tuvo que recurrir a la provocación.

Una tarde, después del almuerzo, el novato siguió a Guerrero hasta su celda y comenzó a insultarlo. Pinche marica, pinche mexicano marica mamapitos, repetía desafiante el guardia novato, pero seguro de sí mismo. Al principio Edward lo ignoró, pero su juventud y el desafío a su autoridad de jefe del negocio de la droga en la cárcel de Marquette pudieron más que su paciencia ante las invectivas racistas y homófobas del guardia. En un momento, rápido como un rayo que cae del cielo, Edward se hallaba sujetando por el cuello con todas sus fuerzas al guardia retador. La cosa duró lo que un parpadeo, pues una vez que las manos de Edward estuvieron puestas sobre la persona del guardia, éste dijo: Te tengo mexicano marica, has agredido a un guardia. A continuación las autoridades de la prisión elaboraron un reporte detallando de manera completamente parcial el incidente, y a Edward le comunicaron que se preparara para pasar una larga temporada en el hoyo.

El Alguacil en Jefe de Marquette había ganado la partida.

El novato tomó su prometida semana de vacaciones antes que sus compañeros con mayor antigüedad.

No estoy calificado para decir si el confinamiento solitario afectó la salud física y mental de Edward. Cuarenta y un años después mantiene, ya lo dije, un cuerpo atlético, y los meses vividos en confinación no parecen haber hecho mella alguna en su psique ni en su estado de salud mental.

Tal vez en la realidad, una realidad paralela a la de cualquiera de nosotros, en que vive Edward Guerrero, más de un año en confinamiento solitario no es nada.

Tal vez en esa misma realidad, hacerse de una mujer como si nada y engendrar hijos es cosa de mera voluntad, y no del encadenamiento de azares y situaciones tan complejas como las que hasta la fecha mantienen a Edward en la cárcel, realidad de realidades.

En mi visita a Willis Harris, presidente de la Asociación de Condenados a Cadena Perpetua de Michigan, recibí uno de los regalos más extraños que me han hecho en mi vida. Se trata de un ejemplar de la Guía de Políticas y Procedimientos del Departamento Correccional del estado de Michigan para Abogados Defensores.

Doblemente extraño, debería decir, pues no soy abogado ni está en mis planes utilizar la Guía para defender a nadie, ni en Michigan ni en ningún estado de la Unión Americana.

Sin embargo, al recordar aquellas palabras del abogado Larry Margolis en un restaurante de Ann Arbor acerca de la incapacidad de Edward Guerrero para demostrar su remordimiento, abro la dichosa Guía en el apartado dedicado al indulto, nueve páginas de tecnicismos legales, aparentes reiteraciones, procesos que no queda más que adjetivar con esa condición universal de toda tramitología: kafkianos.

En las páginas 57 y 58 se explican los retruécanos a los que se someten, en entrevista uno a uno, el prisionero y el miembro responsable de la Junta de Indultos quien tendrá, como resultado del encuentro de ambas partes, enteramente en sus manos —debiera decir en su subjetividad— el destino de quien se halla encarcelado y busca el indulto, pues, según la Guía en cuestión, el entrevistador, solamente él, o ella, juzgará si el entrevistado amerita el indulto y así se lo comunicará a la Junta, según dicta la Guía de Políticas y Procedimientos del Departamento Correccional del estado de Michigan para Abogados Defensores.

Cosa no poco seria, pienso mientras leo y releo las estrictas reglas que se deben seguir antes, durante y después de la entrevista, reglas que, por cierto, tampoco son muy claras ni del todo precisas, no sujetas a interpretación alguna, como sería de esperarse considerando la gravedad del asunto.

Leo en el punto número 1 del "Proceso de entrevista" que "las entrevistas de indulto son informales, procedimientos que evitan el careo y la confrontación, llevadas a cabo con tanta privacidad como sea posible".

Me vienen de nuevo a la mente las palabras del abogado Margolis en nuestra comida en Ann Arbor respecto a la capacidad de Edward Guerrero para mostrar el debido remordimiento de los crímenes que cometió hace cuarenta y seis años y me pregunto cómo se hará eso en la sugerida informalidad del procedimiento, en un *ring* donde contienden, así diga lo contario la Guía, la subjetividad más absoluta contra la objetividad que, por así decirlo, se niega a sí misma.

A la manera de quien cifra una argumentación sujeta a fuerzas —casi— mortalmente contrarias, el poeta Antonio Gamoneda escribió:

La contradicción está en mi alma como los dientes en la boca que habla de misericordia.

Sospecho que las dificultades de Edward Guerrero para mostrar su remordimiento ante la Junta de Indultos serían las mismas si yo, o para el caso cualquiera entre quienes no vivimos encerrados en una celda, al menos en la celda de una prisión, tuviéramos que manifestar, revelar nuestros propios remordimientos.

¿Por dónde comenzar? ¿A qué palabras dichas y acciones cometidas referirse sin caer en la contradicción y no apelar de manera vulgar, indebida quizás, a la misericordia? ¿Puede ser el remordimiento una forma de pedir perdón? ¿Debe de serlo?

Me angustia —imagínense a Edward Guerrero— tratar de responder a estas preguntas.

Desde que llegué a Detroit, una causa de angustia constante para mí ha sido el altercado que tuve, semanas antes de partir de la Ciudad de México, con mi hermano menor, y que desembocó en el tipo de distanciamiento que sientes por el solo hecho de haber alcanzado la edad en la que a veces no hay vuelta atrás, como final, definitivo.

La angustia de la falta de palabras. La angustia de no poder hacer nada al respecto. La angustia del remordimiento. La angustia, puta madre, de un hiato insalvable.

Lejos de ser una relación ideal, eso sería estúpido, la relación con mi hermano ha estado plagada de altibajos a lo largo de los años. Pero algo que ni siquiera nuestra última riña pudo borrar es nuestra larga historia como amigos, la cual incluye el habernos procurado la mejor compañía en momentos críticos, alrededor de una fragilísima llama alimentada por ambos, durante episodios difíciles, casi salvajes si pienso en las innumerables ocasiones en que nos vimos acosados por situaciones que no entendíamos y que experimentábamos como el cierre del mundo abatiéndose sobre nuestras cabezas.

Hablo de los años de la juventud y de la temprana edad adulta. Hablo de la no tan breve temporada en el infierno que juntos sobrevivimos sin volvernos completamente locos, o desequilibrados, o —eso espero— adictos de por vida a la mala vida. Un montón de años durante los cuales nuestras marcadas diferencias de carácter e intereses nos aportaban, así lo quiero creer, identidad y unidad para campear el temporal.

Desde frentes distintos, en medio de esas tormentas, mi hermano y yo aprendimos uno del otro. Desde frentes distintos también nos combatimos el uno al otro. Nos quisimos.

Sí. Siento remordimiento por las chingaderas que le dije y que le hice antes de partir, de dejar mi departamento en la misma colonia de la Ciudad de México donde él mantiene su casa y su estudio de trabajo, lugares que amancillé como una bestia.

Todas mis pendejadas lo lastimaron. Todas fueron, ahora lo veo, absolutamente innecesarias.

No hay conflicto sin dos de por medio. Mejor hubiera sido no tomar ofensa y, por ende, no cometer denuesto ni injuria. Hoy, dos años después, lo sigo lamentando y temo que se rompa ese vínculo tan frágil y a la vez resistente, la hermandad, el amor de hermanos.

Por ahora, a mis cuarenta y seis años, el remordimiento no me sirve de mucho y temo a estas alturas que el sino de la relación con mi hermano tome el rumbo propuesto en un poema de José Emilio Pacheco:

Por desgracia el viaje en común
Llegó hasta aquí y cada uno
Baja del Metro en la estación que le toca.

El punto número 5 del "Proceso de entrevista" de la Guía de Políticas y Procedimientos del Departamento Correccional del estado de Michigan para Abogados Defensores dicta que "el prisionero recibirá una oportunidad razonable para expresar sus puntos de vista".

Se agradece la oportunidad razonable; sin embargo, el abogado Larry Margolis también me ha hecho dudar: no estoy tan seguro de que la expresión de mis puntos de vista logren hacer patente mi remordimiento respecto a las malas pasadas que le jugué a mi hermano, como tampoco creo que Edward Guerrero pueda hacer uso de la simple y llana palabra y lograr con ello la traslación a un sentimiento ni remotamente cercano al remordimiento.

O quizá me equivoque. Quizás Edward Guerrero sí tenga palabras para manifestar remordimiento por haber violado a una muchacha de diecinueve años, a otra de diecisiete y a una mujer de veinticinco.

Yo por mi parte no confío lo suficiente en las palabras, las que sean, para transmitir remordimiento. Al contrario, yo sería el primero en desconfiar de mis propias palabras en un caso semejante.

Al principio de nuestras conversaciones en la sala de visitas de la cárcel de Lakeland, compartí con Edward la cuestión de mis depresiones crónicas y la manera en que dejaba que inundaran mi sistema hasta desbordarlo, dejar correr el agua, en otras palabras. En un correo electrónico que recibí de él poco después, escribió: "Cuando estoy deprimido o enojado, tecleo en mi vieja máquina de escribir. Me enfoco en lo que necesito hacer para salir de aquí. Pienso que si me permito compadecerme de mí mismo, llorar, etcétera, no logro nada. Siempre tengo que hacer algo, algo constructivo. ¡No cualquier cosa!".

Supongo que cuarenta y tantos años de cárcel o bien te matan o te vuelven de acero, no tengo humana manera de saberlo.

Lo que sí sé es que, tratándose de mí, el teclado de la computadora no me provee de remedio contra la depresión, mucho menos de expiación alguna. Quizá yo no escribo para lograr algo constructivo, no se diga para expresar mi remordimiento.

Si fuera el caso, bastarían unas palabras para pedir perdón por lo imperdonable, unos cuantos *e-mails*, cartas, mensajes pegados en el refrigerador o dejados en la mesa de la cocina para que todos, culpables y menos culpables, pudiéramos salir de aquí.

La temprana rebeldía de Edward Guerrero tiene el potencial de derramarse sobre todas, o casi todas, las páginas de este libro. Encuentro referencias al asunto por todos lados, en nuestras conversaciones, en mis notas, en *e-mails* y cartas, en artículos de periódico, en blogs "cristianos" en los que creyentes como un señor de nombre Phil Ropp han tratado el caso de Edward, la necesidad de reformar el sistema penitenciario estadounidense y la relación de esto con la fe, la justicia de Dios, la democracia, en fin, los muchos caminos que llevan a la resurrección y por ende a la verdadera liberación, según los preceptos religiosos citados *ad nauseam* por Ropp en el texto de su blog.

Se impone entonces el uso del criterio, o cuando menos, de la prudencia, para tratar semejante tema, tal vez el verdadero origen, lo cual he llegado a creer después de tratar con Edward durante los últimos seis meses, de su historia, de su biografía, quizá de su desgracia y, con cierta certeza que no exime la sana suspicacia, de la historia que yo cuento en este libro.

Aplica, para el caso, el que tal vez sea el verso más citado del poeta galés, el coloso Dylan Thomas.

No entres sin batalla en la noche oscura.[*]

La pauta más terrenal, por así decirlo, para hablar del carácter rebelde que mostró desde la pubertad Edward Guerrero me la ha dado él mismo, al referirse en un correo electrónico que me envió apenas hace un par de semanas, a una de las fotografías que su hermana Pauline me hizo llegar. Dice Edward acerca de

[*] Trad. de Gaspar Orozco.

la fotografía de marras: "La fotografía que te envió mi hermana me muestra cruzado de brazos, y pequeño de estatura, siempre lo he sido. Claramente muestro desde entonces mi 'actitud', los brazos cruzados porque me negaba a claras vistas a que me tomaran la fotografía".

En efecto, en la fotografía de la cual habla Edward y en la que reconoce las tempranas señas de su "actitud", de su rebeldía, aparece un muchacho moreno, de cabello rizado, que cruza los brazos, dobla una rodilla y mira de frente a la cámara con un dejo de impaciencia, desafiante, como quien quisiera estar en cualquier lado menos ahí, obligado a dejar pasar el llamado de la calle y el clamor de las esquinas, parado junto a sus hermanos pequeños, dándole la espalda a un andador de la bahía de Saginaw que muy seguramente habrá visto días mejores.

Está la fotografía. Regreso a mis apuntes fuera de foco, así vistos seguramente desde mi propia experiencia de hijo. Después de conversar con él en la cárcel, escribí en mi cuaderno: El papá estuvo demasiado presente en el crecimiento de Ed; al llegar a la adolescencia se declaran la guerra, el papá (Ignacio) le dice a la madre que se encargue, que ya no puede.

Y así fue, no pudo o no supo, poco importa para efectos de esta historia.

Eso sí, más de cuarenta y cinco años después, casi la edad que tengo, aquí estoy, preguntándome por el porqué y el cómo de la rebeldía de Edward, que se tradujo en una sentencia de por vida y en la tragedia de otras tres, las vidas de sus víctimas.

Desde que lo conocí por primera vez en la sala de visitas en la prisión, Edward Guerrero me dio la impresión, que comparten muchos de sus conocidos y amigos, abogados, guardias y jueces en retiro incluidos, de ser un tipo resuelto, completamente seguro de sí mismo, alguien quien, a pesar de sus conocidas circunstancias, parece no mostrar la menor fisura emocional ni física, todo lo contrario, el hombre está en plena forma. Me ha dicho que no conoce qué es eso de la depresión, nunca le ha pasado por la cabeza quitarse de en medio por mano propia, y su físico es el de un hombre de cuarenta años, no de sesenta y tres. Su rostro, apenas ajado por el natural paso del tiempo antes que por el largo paso por casi todas las cárceles del estado de Michigan, parece decirnos, al mundo, dentro y fuera de prisión, que los años no lo han convertido en un cobarde, en un enclenque cualquiera. Su caso remite con endiablado ahínco al fragmento del poema en el que Francisco de Quevedo "Reprende a un amigo débil en el sentimiento de las adversidades, y exhórtale a su tolerancia":

Alma robusta en penas se examina,
y trabajos ansiosos y mortales
cargan, más no derriban, nobles cuellos.

Es el caso de Edward Guerrero, un cuello sólido como una viga de metal, de ésas que se fabricaban en Michigan en los años dorados, no como ahora, en China, y que el presidente Trump ha prometido a sus votantes de las viejas ciudades industriales traer de vuelta, como si eso fuera posible en el mundo de la globalización y del ultraliberalismo, como si fuera posible pedirle al votante promedio de Tump, un zombi que trabaja en una cadena de farmacias o de hamburgueserías por un salario mínimo, que de un día para otro mostrara el músculo de los obreros que, ésos sí, se rompían el cuello en turnos de catorce horas de trabajo continuo en las industrias del acero, del carbón, de la producción automotriz.

Aquí me encuentro, haciéndome preguntas que remiten a un mundo perdido, así nuestro personaje mantenga una condición de atleta olímpico, buscando respuestas en un mundo que es y ya no es el mundo que Edward conoció en sus años de adolescencia.

Hablo de un país, Estados Unidos, donde el racismo en contra de los mexicanos no solamente se mantiene, sino que está en boga, lo profesan lo mismo políticos en Washington que neonazis tarados en los pueblos más rascuaches de la nación, algunos incluso en las grandes ciudades. Sin embargo, hablo también de un país donde los derechos de las minorías de toda naturaleza han avanzado como nunca antes, hablo del país que encabezó la revolución feminista, uno de los fenómenos determinantes del mundo contemporáneo, todo ello conviviendo con la más rampante desigualdad, injusticia e impunidad que se hayan conocido en generaciones.

Me refiero a un hombre, Edward Guerrero, encarcelado a los diecisiete años, que no vivió nada de esto, y que por lo que he podido enterarme, ni idea tiene al respecto.

No es su culpa, simplemente ha estado ausente del mundo durante los últimos cuarenta y cinco años. Cuando cayó el Muro de Berlín, entre el jueves 9 y el viernes 10 de diciembre de 1989, Edward se hallaba en la cárcel de Marquette, en la remotísima península norte de Michigan, tierra de *rednecks* y supremacistas blancos, participando en una terapia de seis meses con el psicólogo Rick Raymond y ejerciendo funciones de empleado administrativo, entre otras actividades.

Así que cuando Edward me habla, a pregunta expresa de mi parte, acerca de sus tratos de juventud con chicas de Saginaw, lo hace desde un túnel del tiempo al fondo del cual se avizoran, como mezclados en un frasco de conservas, su hombría desatada respecto a las mujeres, sus fantasías de sometimiento, una "actitud" de rechazo y rabia en contra del *statu quo*, todo ello combinado con el racismo más cerril y la estrechez mental que él y la comunidad mexicana de Saginaw padecían en esos años por parte de la población blanca. Mierda bastante seria.

Edward fue, lo dice con orgullo, un Romeo precoz. En los años que alcanzó a cursar de secundaria antes de ser expulsado y puesto en un programa de custodia juvenil al ser procesado por posesión de objetos robados, Edward se dedicó con enjundia a la conquista de cuanta chica meneara sus caderas delante de él. No discriminaba entre mexicanas, afroamericanas y rubias, si bien estas últimas eran sus piezas de caza preferidas y las que más respeto y autoridad le otorgaban entre la palomilla.

Lo que me cuenta Edward de esos romances, la mayoría de una sola ocasión, me dejan pensando, abren la no siempre agradable caja de Pandora de las hipótesis.

Me refiero a un asunto bastante serio, de orden conjetural en el que convergen el puto racismo gringo en contra de los mexicanos y cierta afición de Edward por el sadismo. Él mismo me cuenta, así está registrado en mis notas, que él hacía con sus conquistas lo que le viniera en gana. Por ejemplo, que se pusieran de culo. Si las nenas se negaban, el galán, que para entonces mantenía en las calles su reputación de cabroncillo, simplemente les pedía que se fueran mucho a la chingada. Ignoro cuántas se sometieron y cuántas no. Se levanta una cortina entre nosotros. Mi experiencia de chaval condenado a la muy burguesa costumbre de perseguir chicas ariscas, orgullosas, casi imposibles, me imposibilita a preguntarle a Edward más acerca de sus proezas sexuales, vistas desde la óptica exclusiva del mundo de los jóvenes mexicanos peleando un lugar propio en la ciudad de Saginaw de principios de los años setenta.

Me cuenta, eso sí, la que me parece una historia clave en la trama de su adolescencia, que para efectos prácticos ha sido lo que ha conocido de vida —me refiero a su corta vida fuera de la prisión.

Un buen día, Edward se ligó a la presa predilecta: una rubia de nombre Debbie. Para entonces Edward ya conducía —había aprendido a los doce o trece años— y con frecuencia se hacía de un automóvil para ir por la bondadosa Debbie, a quien, al parecer, también le gustaba ejercer su rebeldía por vía de acostarse con un mexicano, un *greaser*.

Para que el coito entre el mexicano marginado y la joven y guapa representante del *American Dream* sea capaz de demoler los tabúes aplicables al racismo y la segregación entonces —como ahora mismo— existentes en Saginaw, Debbie y Edward suelen encontrarse en casa de ella, a horas en que no hay nadie y dar rienda suelta a la pasión de los cuerpos, piel morena untada a profundidad en una cara pálida de próspero suburbio.

Los encuentros furtivos en casa de la güera se vuelven costumbre, una adicción que comparten ambos y de la cual no sólo no se pueden zafar sino que están dispuestos a incurrir en riesgos cada vez mayores con tal de pasar un agradable rato en el salón de la casa, en la recámara de Debbie y, por qué no, en la cama de sus padres. Ambos son felices echando por la borda las convenciones impuestas por la marchita sociedad de la ciudad en la que viven.

Hasta que ocurre lo que suele ocurrir en estos casos.

Un buen día, mediodía para ser exactos, deciden encontrarse a la hora del almuerzo, ella escapará de la secundaria y Edward se las agenciará para llegar a tiempo a su cita con su adicción, la rubia Debbie. Consigue un automóvil y, no es idiota, lo estaciona como siempre a la vuelta de la esquina de casa de Debbie, detrás de unos arbustos perfectamente bien recortados por el vecino.

Ese mismo día, el padre de Debbie ha olvidado su almuerzo y decide ir a su casa para embutirse su emparedado en la comodidad suprema del hogar suburbano. Los jóvenes amantes ya han terminado con lo suyo, yacen semidesnudos en uno de los sofás del amplio salón. Escuchan como soldados montando guardia la súbita llegada del padre de la chica. En un santiamén ella se arregla. Edward sale disparado por una puerta lateral, con los pantalones todavía en las rodillas.

Se creen a salvo.

Se equivocan.

El padre de Debbie entra a su casa y somete a su hija a un interrogatorio que dura dos preguntas: ¿por qué no estás en la escuela? y ¿de quién es el auto que está allá afuera?

Debbie, no precisamente una mente brillante capaz de improvisar una rápida respuesta a las preguntas del padre, se echa a llorar.

Su padre, hecho un energúmeno, sale volando de la casa en su intento por alcanzar al conductor del automóvil estacionado a la vuelta antes de que éste salga, a su vez, pitando como un demonio.

Y, anglo atlético, lo logra.

Encara a Edward, quien apenas se ha alcanzado a fajar los pantalones.

Contra lo que pudiera esperarse, no hay golpes, pero sí un intercambio de palabras revelador, que Edward me cuenta mostrando la misma intensidad y excitación de cuando sucedió hace cuarenta y pico de años. Lo dicho: estamos en el túnel del tiempo.

—Hey, tú, ¿qué diablos estabas haciendo aquí? ¿Quién eres, cochino mexicano?

Edward, al contrario que Debbie, tiene una lengua rápida, ágil, y además es un rebelde. Fulmina al enfurecido padre con una respuesta que no sólo le rompe el hocico al señor de la casa, sino que además muestra —quizá también confirma— las viejas heridas que cargan Edward, su familia y los mexicanos residentes en Saginaw en los tempranos años setenta.

—¡Mira, perro, sí, yo soy un cochino mexicano, pero soy el cochino mexicano que se encarga de que tu hija haga las cochinadas que yo le pido que haga! ¡*Fuck you*, gringo pendejo! ¡Chingas a tu madre!

El padre de Debbie, que tampoco es conocido por sus proezas mentales, se queda helado, hecho un idiota, cierra los puños y camina enfurecido de regreso a su casa.

Podemos imaginar que la agarró a golpes contra Debbie ante semejante afrenta. Quizás antes de madrearla le espeta: ¡Qué has hecho! ¡Con seguridad los vecinos se han dado cuenta! ¿Desde cuándo ves al sucio mexicano?

Sigue un etcétera imaginario, porque Edward jamás volvió por esos rumbos ni volvió a cogerse por el culo a su cómplice, la rabiosamente rebelde Debbie.

La historia, contada por Edward, me suena a una escena de película dirigida por el actor chicano James Edward Olmos, una de esas películas para agitar las conciencias sociales con temas como el esclavismo, el propio racismo, las discapacidades, la anomia social a la que viven sometidos los *freaks*, esas películas a las que son tan adeptos los estadounidenses sin importar su origen étnico.

Lo que sea.

Yo no juzgo a Edward, pero me quedo con la respuesta que le dio al padre de Debbie, en la que está cifrada, como en tres patadas, uno: su rebeldía ya para entonces histórica; dos: la cadena infinita de discriminación y racismo que sufrían Edward y sus semejantes y, por último, tres: el sometimiento sexual, de carácter punitivo, como probable resultado de las dos patadas anteriores.

En 1994, Edward Guerrero fue transferido de la prisión de Marquette a la de Saginaw. Sin embargo, la noticia del año fue su boda del 18 de mayo con Dianna "Dee" Acosta, bajo los oficios del capellán de la cárcel, Dempsey Allen.

Difícil de creer: un preso condenado a cadena perpetua logró, sí, contraer matrimonio sin apartarse siquiera un metro de distancia de los muros que lo mantienen enclaustrado.

Casi imposible de concebir, que una mujer libre logre enamorarse de un hombre preso de por vida y decida, convencida por las palabras intercambiadas en visitas, cartas y llamadas telefónicas, aceptar una propuesta de matrimonio.

Se trata de una historia que es casi como para levantar los muros de una prisión a fuerza de pura voluntad —el amor no mueve montañas—, sin que nadie pegue un solo mazazo contra la muralla material y emocional que separa en dos mitades —asimétricas— la realidad. La realidad de quien vive afuera y la de quien sobrevive adentro.

Esto no es amor platónico, es amor inmaterial.

Es casi como si Dee Acosta hubiera encarnado en Eloísa, quien escribió en una de sus cartas a Abelardo, encarnando a su vez en la figura de Edward, lo siguiente:

> Dudo que alguien pueda leer o escuchar tu historia sin que las lágrimas afloren a sus ojos. Ella ha renovado mis dolores, y la exactitud de cada uno de los detalles que aportas les devuelve toda su violencia pasada.

En 1984 Edward se disponía a presentar, una vez más, su solicitud de indulto. El matrimonio con Dee parecía arrojar una luz de esperanza esta vez, pues se hablaba de la posible vida que llevarían juntos si el indulto era otorgado. Al menos ése fue el tono y contenido del artículo que contaba la historia de ambos aparecido en *The Saginaw News* en aquellos días.

En la versión de la nota periodística, Dee Acosta, de cuarenta y cinco años de edad, y Edward Guerrero, de treinta y nueve, aprovechan al máximo sus llamadas de quince minutos de duración y las siete visitas al mes a las que tienen derecho las esposas de los reos. Se describe a Dee Guerrero como nativa de Los Ángeles, California, residente de Detroit desde 1972. Trabajos varios en centros comunitarios, en la industria automotriz. A partir de una visita a Edward en octubre de 1979, Cupido entró definitivamente en escena. Declara ella: "Me comenzó a llamar cada semana. Se hallaba solitario. No tenía visitantes. Su voz era tranquilizadora. Durante esas llamadas telefónicas, era como mi psicólogo". Siguieron, dice la nota de *The Saginaw News*, catorce años a lo largo de los cuales ambos intercambiaron correspondencia y se mantuvieron en contacto gracias a las llamadas. Dee siguió a Edward en su naufragio por las prisiones de Muskegon, Kincheloe, Jackson, Ionia, Marquette, Freeland. En 1980, Dee regresó a California buscando vivir más cerca de su familia, donde permaneció hasta agosto de 1993, cuando Edward le propuso matrimonio por teléfono. Aceptó y regresó a Michigan, de donde no había salido su futuro esposo en los últimos veintidós años. "Estoy muy limitado —declaró Edward a la prensa— en cuanto a lo que puedo hacer hacia afuera, así que haré todo lo que pueda aquí adentro para garantizar que nadie desperdicie su vida como yo lo hice. No me voy a amargar. Vivo un día a la vez."

Para poder contar esta historia, para escribir este libro, antes dije que tenía que partir de una premisa fundamental: tomar por hecho que Edward Guerrero no me engañaría.

La premisa sigue vigente. Le creo a Edward, no así a los periódicos.

La versión que Edward me dio acerca de su matrimonio con Dee no solamente difiere en ciertos puntos, sino que toca asuntos no abordados en absoluto por la nota periodística del *The Saginaw News* acerca de su matrimonio.

Me detengo, como lo hice líneas arriba, en la nota que en su momento publicó el diario *The Saginaw News*, pero como ésta es una novela sin ficción, me siento no sólo con licencia, sino obligado ante el lector y la historia misma que aquí se cuenta acerca de la vida de Edward Guerrero, a extenderme en el tema de las relaciones de nuestro personaje con mujeres a lo largo de su estadía en prisión, en lo general, y de ciertos aspectos y hechos vinculados con Dianna "Dee" Acosta, en particular.

No cometo con ello ninguna indiscreción. Se trata, casi, de una versión paralela, más que complementaria a la publicada por *The Saginaw News* y cuyos detalles me fueron relatados abiertamente y *on record* por Edward durante una visita que le hice un domingo de enero, con el invierno azotando sin contemplaciones el desolado páramos que circunda a la cárcel de Lakeland.

Contra lo que pudiera creerse, las cárceles del primer mundo no se distinguen demasiado de las del tercero y cuarto mundos. La porquería encuentra igualmente un carril por el cual circular drogas, mujeres, armas, lujos varios, amenazas y recompensas, sólo que con más discreción. Y la operación de dicho carril es mantenida, naturalmente, por el dinero, el cual cae y fluye lo mismo por las manos de los reos que por las de los supuestos encargados de mantener el orden allá dentro. Y si no es dinero, existen otras cien formas de corrupción que el lector se puede imaginar por sí mismo, pues son las mismas a las que cualquiera se expone, o bien fomenta, en libertad, fuera de los muros penitenciarios —me refiero a los mismos ductos a través de los cuales circula la porquería y que conecta al mundo del crimen organizado con la cochambre política, con los negocios, más o menos sucios, más o menos limpios, como cubriendo el globo terráqueo con una fina y sutil red o manto sobre el cual hacemos nuestras vidas cotidianas, nos demos o no cuenta, eso es lo de menos.

A principios de los años setenta, Edward Guerrero se hallaba preso en la cárcel de Jackson, al sur del estado de Michigan, de camino a la ciudad de Chicago.

Según me cuenta el propio Edward, aquellos eran otros tiempos. En la mayoría de las cárceles del estado los presos no estaban obligados a vestir el uniforme azul con tiras amarillas en los costados que actualmente usan todos los días. Y las visitas, fueran de familiares, amigos o socios, tampoco estaban tan reglamentadas como ahora. La cosa era mucho más laxa, por así decirlo, y mientras fluyera el dinero las reglas se flexibilizaban aún más, se miraba hacia otro lado para que los reclusos pudieran vestir sus mejores prendas y recibir a damas a quienes apenas conocían lo suficiente para tener sexo en algún rincón de la sala de visitas.

Edward no se mantuvo ajeno a dicha práctica. Su expediente muestra que recibió una reprimenda, un *ticket*, por mantener relaciones sexuales en el año de 1992. Una obviedad: las cosas no cambian, menos las personas.

Edward nunca ha dejado de ser un seductor, un *ladies' man*, ni siquiera a sus más de sesenta años. Ya lo era cuando, siendo un muchacho, cruzó las puertas de la cárcel el 2 de noviembre de 1971. Buena parte de la noche misma de su arresto la pasó en un salón de baile, adonde se había refugiado luego de recibir el pitazo de que era buscado por la policía. Horas antes de que le cayera la ley, tuvo oportunidad de padrotear un rato. Su plan era ligarse a alguna chica y tener donde pasar la noche y, una vez que comenzara a salir el sol, tomar el primer autobús y largarse lo más lejos posible de su ciudad natal, Saginaw.

El destino se interpuso en sus planes. Salió un momento del salón de baile y, mientras fumaba un cigarrillo, el automóvil de su padre, don Ignacio, quien circulaba de camino a su casa, se detuvo justo enfrente de él. Edward se acercó al automóvil. Su padre le ofreció llevarlo a casa. Contrariado e indispuesto a tener una discusión con su padre en plena acera, frente a la joven multitud, Edward aceptó y se subió al automóvil. A la chingada, de igual manera saldría el sol horas más tardes en la casa paterna. Entonces emprendería la fuga, lo cual hubiera ocurrido si la policía no hubiera llegado a tocar a las puertas de la casa familiar a las dos de la mañana en punto, con una orden de arresto contra Edward Guerrero. No hubo tiempo de hacer nada ni para dónde ir y correr.

Edward se arrepintió de haber aceptado acompañar a su padre. Mejor habría hecho en quedarse en el baile hasta que cayera la víctima y encontrase refugio en una cama ajena pero segura.

Al fin y al cabo, las mujeres siempre habían hecho lo que él les pedía.

Eso no cambiaría un ápice en la cárcel, así el Juez Joseph R. McDonald lo hubiera sentenciado, como lo hizo, a cadena perpetua —con derecho a indulto.

Tal y como lo cuenta Dee en la nota periodística de *The Saginaw News*, Edward comenzó a cortejarla en 1979. Sin embargo, en realidad ambos se habían conocido desde principios de aquella década, cuando Dee Acosta era la esposa del narcotraficante de Detroit, Rodolfo Acosta, con quien Edward mantenía una sólida relación de amistad y de negocios. A saber por qué razón, quizá para llevar en paseo dominical a su mujer, Rodolfo se hacía acompañar de su esposa en las visitas que le hacía a Edward para tratar asuntos relacionados con la venta de estupefacientes al interior de la cárcel, un área de *expertise* que el propio Edward había desarrollado casi desde el inicio de su sentencia, en varias prisiones y a lo largo de los años setenta, una década especialmente turbulenta en la historia del tráfico de drogas en Estados Unidos, toda vez que el 68, por el jipismo y la liberación de las costumbres en aquel país, derivó en una suerte de socialización del consumo masivo drogas más fuertes no sólo entre estudiantes o marginados, sino entre obreros, ejecutivos, amas de casa, empleados y desempleados —un patrón de consumo que ya no cambiaría jamás—, así los gobiernos en turno declarasen la guerra a las drogas con la llegada de cada nuevo presidente.

Ahora, mientras escribo esto, pienso en que Edward jamás me ha platicado nada acerca de cómo le fue posible cortar de tajo su gusto por las drogas, del tipo que fueran, sin dejar de aplicarse a fondo en su manejo cotidiano como eficaz y, seguramente, muy rentable *dealer* en la prisión en la que estuviera encerrado. Dos mundos lo conectaban al universo carcelario: su familia, representada por su padre y su madre, quienes jamás faltaban a las visitas a las que tenían derecho, y las drogas, las inmarcesibles drogas, las drogas que marcaron desde muy joven la vida de Edward Guerrero.

Durante esos años, Rodolfo Acosta fue el emisario de Detroit, el embajador de las bandas de mexicanos dedicadas al comercio de estupefacientes al interior de las cárceles del estado de Michigan. Su amistad con Edward provenía de la reputación de cabronazo de la que gozaba, por un lado, al demostrar ser un líder natural y, por el otro, por su propia condición de condenado a cadena perpetua, circunstancia que hacía de él uno de esos casos temidos por el resto de los presos con condenas limitadas, pues, a diferencia de éstos, no tenía ya nada qué perder, estaba dispuesto a cualquier cosa, a cometer cualquier otro delito adicional, pues para él las cosas ya no iban a cambiar, al menos durante los primeros años de reclusión.

Como recuerdo de esos tiempos, Edward lleva a la fecha una espesa cicatriz en el cuello, resultado de un cuchillazo que recibió cerca de la garganta y que hoy lo obliga, durante nuestras conversaciones, a consumir líquidos ante la resequedad que todavía le causa la cicatriz.

A Edward le encantaba flirtear con las mujeres que se presentaban a la sala de visitas, fueran o no conocidas. Normalmente acudía a la sala de visitas hecho un dandi mexicano, camisa de colores saltones, chaqueta de cuero con un cinto alrededor de la cintura, zapatos súperbien lustrados. Llamaba la atención, veía y era mirado, no era infrecuente que recibiera sonrisas de vuelta por parte de las damas presentes. Algo así ocurrió con Dee Acosta, quien un buen día terminó por divorciarse de Rodolfo.

No importó que Dee viviera en Michigan o California. Algo ocurrió para que las distancias fueran abolidas, no así el recuerdo, digamos, en cierta forma presente a lo largo de los años, de los intercambios de miradas entre el dandi en cautiverio y la fulgurante esposa del narcotraficante mexicano proveniente de Detroit, Rodolfo Acosta. Sigo la versión que me dio el propio Edward; sin embargo, quizás esto lo explique mejor el poeta Valerio Magrelli, quien escribe:

A menudo he imaginado que las miradas
sobreviven al acto de ver
como si fueran astas,
trayectos medidos, lanzas
en una batalla.

Las batallas legales y amorosas no resultan incompatibles. Sabemos por documentos oficiales que Edward se casó con Dee, que hicieron planes para vivir en un pueblo llamado Taylor, en Texas, una vez que fuera indultado y liberado, y que ayudaría los fines de semana a su esposa en una tienda de la cual era propietaria en la vecina ciudad de Austin, capital del estado. De igual manera, respondió Edward a la pregunta número 6 de la solicitud de indulto o conmutación de sentencia acerca de los planes del candidato a ser liberado en lo referente al sitio de residencia y de empleo —pregunta considerada crucial en todo el proceso, pues establece los términos de la reinserción social del susodicho—: durante la semana trabajaría con su hijastro en la tienda de motocicletas Harley Davidson de la cual entonces era propietario el muchacho. "Trabajar con mi familia —concluía Edward— me permitirá asistir a las sesiones de terapia y reportarme con mi oficial de libertad condicional según me sea requerido."

Por primera vez en décadas, el viento parecía soplar a favor de Edward Guerrero. Ya me he referido antes a la carta que el exgobernador de Michigan, William Milliken, había enviado el 4 de abril de 2009 a Edward expresándole su total apoyo para iniciar una audiencia pública, a tener lugar el día 28 de abril de ese año, como parte del proceso hacia una eventual y largamente esperada liberación. En la misma fecha, el exgobernador Milliken había dirigido una carta igualmente encomiástica, defendiendo la causa de Edward a William A. Crane, el Juez de Circuito del Condado de Saginaw encargado de supervisar el caso. El exgobernador concluía su exhortación al Juez Crane echando toda la carne al asador: "Como usted sabe, tiene el derecho de oponerse a una audiencia pública, lo cual daría por concluido el actual proceso de indulto. Sinceramente no encuentro ninguna razón para continuar con su confinamiento".

Asimismo, las evaluaciones psicológicas realizadas a Edward, en particular el Reporte Psicológico CHJ-171, fechado el 8 de enero de 2009 y al que también hice referencia antes, arrojaban resultados alentadores. A la par de presentarse como un buen esposo, que cumpliría con lo requerido por la ley para quienes han recibido indulto, así fuera en Texas, igualmente una valiosa oportunidad para iniciar una nueva vida, lejos de los aires viciados de Michigan, Edward se había encargado de poner en práctica una campaña a su favor que incluyó el envío de otras cartas dirigidas a miembros de la Junta de Indultos por parte de personalidades con capacidad de influencia no sólo en el Poder Judicial del gobierno de Michigan, sino prácticamente en todo el estado, como fueron las enviadas por el obispo y el monseñor de la Diócesis Católica de Lansing, ciudad capital. A un nivel más modesto, más comedido, menos beatas y serviles que las misivas de sus majestades católicas, con fecha del 23 de octubre de 2009 el preso número 133491 había llenado el formato denominado "Evaluación del Programa de Prisioneros y Asignación de Tareas", cuyo propósito consiste en que un reo valore las aportaciones hechas en su beneficio por otro reo. Guerrero recibió las calificaciones máximas de parte de su cófrade, su semejante, quizá la única persona que podía hablar con un grado mayor de objetividad, cero emociones, cero piedad, cero invocaciones a la redención por vía del buen camino que ofrece el dogma. En el recuadro de "Comentarios y recomendaciones" del formato, el anónimo 133491 escribió con letra manuscrita:

Guerrero ha sido mi tutor general desde mayo de 2009 y mi tutor de bilingüismo desde 2007. Tiene una excelente comprensión del tema de estudio. Ha tenido un rol activo al trabajar con estudiantes de Inglés como Segunda Lengua gracias a sus dotes bilingües. Mantiene una excelente actitud respecto a su trabajo y se relaciona bien con el personal de la cárcel, con sus compañeros de trabajo y con sus estudiantes. Siempre ha estado dispuesto a hacer cualquier cosa que se le pida. Es un buen ejemplo a seguir para los presos más jóvenes, al mantenerse ocupado, tener una buena actitud y una apariencia limpia.

Y sin embargo, como en la novela de Dickens, aquella era para Edward la mejor y la peor de las épocas, era un periodo de luz y de tinieblas, de esperanza y desesperación. La Gran Recesión se cernía por todas partes, cubría los horizontes antes despejados. El gigantesco feto de la crisis financiera que se desató en Estados Unidos en 2008 azotaba con brutal fuerza el país y el mundo todo. El 2009 era entonces el mejor y el peor año, incluso para quienes, como Edward Guerrero, viven aislados, de espaldas a la ruleta económica y el casino de las finanzas internacionales. Me corrijo a mí mismo: los recursos económicos lo son todo para alguien que enfrenta la justicia en Estados Unidos. Si no tienes dinero, estás acabado, la justicia es un tren al que se te prohíbe subir.

En el año 2009 Edward carecía de abogado, de cualquier clase de representación legal. Es por ello que había desplegado una amplia operación de apoyos externos que influyeran positivamente en la Junta de Indultos. Pero no tenía dinero, el maldito dinero.

Las cartas de apoyo dirigidas a Barbara Sampson, miembro de la Junta de Indultos encargada de recibir y presentar el caso de Edward Guerrero, no surtieron el efecto esperado.

Al contrario.

Antes de la tormenta, en su sesión ejecutiva del 22 de enero de 2010, la Junta de Indultos votó once votos a favor y dos en contra el paso siguiente: manifestar su interés en proceder a una audiencia pública conducente a la conmutación de la pena. Nueve meses después, en la sesión ejecutiva del primero de noviembre, doce miembros de la Junta de Indultos, con Barbara Simpson a la cabeza, votaban en contra de mostrar cualquier interés en continuar con el caso de Edward Guerrero.

Poco tiempo después, el Juez Crane comunicaba por escrito al Presidente de la Junta de Indultos que "resultado de la reciente solicitud del señor Guerrero, la Corte ha integrado al expediente respectivo una copia de la opinión y orden denegando cualquier reparación en una corte de apelaciones, así como una orden negando cualquier reconsideración".

En otras palabras, el esfuerzo de años terminaba, en medio de tecnicismos legales y procesos de dudosa objetividad, por irse a la mismísima mierda.

Ese mismo año, 2009, Dee, la esposa de Edward, desapareció para siempre de la escena. Se largó de Michigan, supongo que decepcionada.

Hasta la fecha no se han divorciado, quizá por interés de Edward de mantener una relación matrimonial que pudiera ayudarle cuando los vientos de la ley vuelvan a soplar, a saber en qué dirección.

Hace años, casi diez, que no se comunican entre ellos. En nuestras conversaciones siempre se refiere a ella como a un fantasma.

Es común decir que en la vida de cualquiera llegan momentos en los que uno se enfrenta a bifurcaciones, a optar por un camino u otro.

En el caso de Edward Guerrero, supongamos que lograra librarla, que después de más de sesenta y pico de años en prisión, lograra al fin el indulto y con ello salir por la puerta grande de la cárcel.

¿Qué haría? ¿Qué evitaría hacer? ¿Cuáles serían sus expectativas respecto a un mundo que desconoce por el simple —y humanamente atroz— hecho de haber ingresado en prisión a los diecisiete años, en 1971 para ser exactos? ¿Estaría su anhelada libertad a la altura de ese largo e inalcanzable sueño de justicia? ¿Pensaría en recuperar, en rescatar, en traer algo del pasado que le resultase aún vigente después de cuarenta años de encierro? ¿Encontraría hostilidad a raudales o un mínimo de fraternidad en el mundo del siglo XXI?

Muy probablemente ambas.

En ocasiones he pensado cómo viviría su libertad Edward Guerrero.

Lo imagino ocupado en algún trabajo muy modesto, atendiendo la salchichonería de un supermercado de tamaño mediano, en una ciudad mediana, o bien desempeñando las labores de limpieza, de *janitor* como los llaman aquí, del mismo supermercado. Lo imagino haciendo un trabajo impecable, escrupuloso, atento y amable, siempre sonriente. Le gusta caminar a todas partes. Aborda autobuses urbanos que van vacíos. Sube y baja de ellos en los mismos lugares. No necesita más. Lo imagino en paz consigo mismo, si bien consciente —no hay un día que pase sin que lo recuerde— de que fueron demasiados años en la cárcel y el reloj le está jugando a la contra. Su estómago se contrae cada vez que ese pensamiento cruza por su cabeza.

Yo mismo siento un punzón en el abdomen cuando me pregunto qué fue lo que vine a buscar aquí, en la soledad del suburbio americano y esa luz característica que sólo se alumbra a sí misma, como en un cuadro de Edward Hopper. No estoy mal pero tampoco me hallo a gusto. ¿En qué estaba pensando cuando vino el momento de la decisión? A veces creo que vine pensando en recuperarme, reintegrarme, recoger y juntar una vez más las piezas que conforman y, quizá con ello, recuperar una sensación o anhelo de familia, de cercanía familiar, que poco a poco se va esfumando con el paso del tiempo. Empiezo a creer que vine porque, según yo, no había nada qué dejar atrás. Ignoro —y si fue el caso, ¿importa?— si cometí un grave error o un acierto cuando leo en un delgado volumen de poemas de Eugenio Montejo los siguientes versos, que además le sientan inmejorables a Detroit:

Ya no quiero volver a aquella calle
donde las casas demolidas
siguen en pie.

Algo hay en esos versos que me hacen creer que, liberto, Edward Guerrero preferiría él mismo hacer nido en una de esas ciudades americanas que, vaya a saberse por efecto de qué milagro, no han sido arrasadas por los malos juegos de la economía y se mantienen impolutas, vivibles, la pintura color pastel en las verandas de madera de casas construidas para vivir una vida entera, no para especular en los merados de financieros ni de bienes raíces.

Hablo, sin embargo, de ciudades idealizadas, inexistentes, nadie supo qué ocurrió con ellas, nadie va en su ilusoria búsqueda, mucho menos un auténtico veterano de guerra como Edward Guerrero.

Jamás he tratado el tema con Edward. Me parecería un gesto carente de tacto.

Lo mismo hablar del "otro" camino, a saber: que nunca salga de prisión y muera de viejo allí adentro.

A diferencia de la primera ruta que imaginamos, aquí no hay mucho qué decir al respecto. La muerte es la muerte. Y nunca, que yo sepa, ocurre bien.

Por la falta de recursos y la distancia, lo mismo emocional que geográfica, intuyo que la familia de Edward dejaría en manos de las autoridades el asunto de su fallecimiento.

Si fuera el caso, muy probablemente sería enterrado en el cementerio Cherry Hill, el cual se halla ubicado dentro de las instalaciones de la Prisión Estatal del Sur de Michigan, en el condado de Jackson, donde exceptuando la prisión del condado, existen cinco cárceles, pegadas casi unas con otras —toda una industria del confinamiento.

Si fuera el caso, una lápida igual que las otras.

Y nada más.

Creo que a ningún lector le causará sorpresa alguna leer que, aquí y en China, el edificio de la justicia —me refiero en específico al sistema penal y al régimen penitenciario— está sostenido sobre una gran suma de injusticias. La cuenta comienza con la falta de recursos para contratar abogados, la inexistencia del debido proceso en las cortes si la plata y el tráfico de influencias no fluye por los canales adecuados, las políticas y las leyes que desembocan en lo que, al menos en Estados Unidos, se ha dado en llamar el "encarcelamiento masivo", *mass incarceration* en inglés, y que si bien el término remite a números de alcance ridícula e inconcebiblemente cósmicos, lo cierto es que dichas políticas acaban por obliterar la vida de individuos concretos, de vidas únicas, reales a tope, vidas sin ficción, arruinadas para siempre, sea porque el juez equivocó la sentencia, sea porque no se respeta el habeas corpus, es decir ser escuchado por el sistema de impartición de justicia y saber con certeza de qué se le acusa al inculpado, sea porque los hechos no quedan establecidos "más allá de cualquier duda razonable", *beyond any reasonable right*, sea porque —casos extremos, pero los hay de sobra— el acusado en realidad es inocente.

Lo dicho: la justicia es una construcción inestable, pero sólo en apariencia, un castillo de naipes fabricados con espesas placas de acero. El académico Loïc Wacquant asegura en *Castigar a los pobres. El gobierno neoliberal de la inseguridad social*, referencia obligada entre universitarios, que "Si fuera una ciudad, el sistema carcelario de Estados Unidos sería la cuarta metrópolis más grande del país después de Chicago".

Entre abogados y especialistas, ésta es agua tibia proveniente el mar Negro del Derecho y proviene, en una muy considerable medida, de otra lectura que hice de un polémico ensayo, "Criminal Law 2.0", que el Honorable Alex Kozinski, Juez de Apelaciones del 9° Circuito de las Cortes Federales de los Estados Unidos de América, publicó en 2015 en el prestigioso *Georgetown Law Journal*.

En un momento paso a "Law 2.0". Antes quiero dejar claro que una de las ventajas de la novela sin ficción resulta poder introducir en el río de la escritura, sin inventar absolutamente nada, a tipazos de la vida real como el Juez de Apelaciones Kozinski con nombre, apellido y hasta el mote por el que es conocido. Si bien Kozinski llegó al 9° Circuito de las Cortes Federales nominado por el muy conservador presidente Ronald Reagan, el Juez ha estado involucrado en casos de alta visibilidad que le han ganado suficientes enemigos y el alias de The Big Kozinski, en alusión directa al personaje interpretado por Jeff Bridges en la conocida película de los hermanos Cohen. Se dice que Kozinski, además de sostener posiciones controversiales en la Corte de Apelaciones del 9° Distrito, gusta de llegar a sus oficinas luciendo sandalias y vistosas y floridas bermudas —emulando así al celebérrimo "Dude" de *The Big Lebowski*.

Un dato no menor y que no hay que dejar pasar en estos tiempos de turbulencias migratorias, de xenofobia y persecución en los Estados Unidos: fue precisamente la Corte de Apelaciones del 9° Distrito la que se pronunció sobre la inconstitucionalidad de la orden ejecutiva de Donald Trump impidiendo la entrada a nacionales de siete países musulmanes, con resultados contundentes y exitosos en contra de la draconiana y estúpida medida del Poder Ejecutivo, a escasos siete días de comenzada la circense Administración del cuestionable magnate.

Se trata, pues, de un tipo contradictorio pero genial, capaz de escribir en la revista de dura estirpe neoconservadora *National Review*, la misma que fundó en 1955 William Buckley Jr., némesis del controvertido progresista y no tan buen novelista Gore

Vidal, pero también de presentar en una revista académica seria, como el *Georgetown Law Journal,* su versión de los doce mitos del sistema de justicia criminal de su país, que abarcan desde la confiabilidad de los testigos oculares, la dudosa validez de las huellas como pruebas en una Corte, el carácter falible de la evidencia forense, del ADN, las confesiones y los testimonios basados en la memoria, la eficacia de jurados que desconocen los pormenores de un caso y se dejan llevar por los argumentos legales de la fiscalía —Kozinski los designa "instrucciones", con lo cual la supuesta deliberación independiente y aislada de presiones exteriores por parte de los jurados queda reducida a eso, un mito.

De entre los doce mitos que enumera el Big Kozinski en su espléndido y controvertido ensayo, quiero referirme aquí al mito de la efectividad de sentencias largas en la reducción de los índices de criminalidad. Escribe Kozinski:

Existen razones para preguntarse si la duración de las sentencias penales en este país son justas. Quienes han sido electos para un cargo, sin importar su filiación partidista y sus inclinaciones políticas, parecen favorecer sentencias draconianas, con el respaldo del público en general en términos generales y abstractos, por lo cual resulta difícil conocer la dimensión del apoyo popular que gozan quienes aplican sentencias largas […] Las películas y la televisión confirman las incontables historias de policías dedicados y comprometidos, así como de policías dedicados a su trabajo y capaces fiscales que consiguen consignar gente culpable ante la justicia, o bien la exoneración de quien es encontrado inocente gracias al empeño de dedicados abogados e investigadores. Nuestro sistema educativo dedica poco tiempo ponderando tanto el destino de quienes son condenados injustamente, como de aquellos que pasarán su vida detrás de las rejas debido a un castigo que supera por mucho cualesquiera males por los crímenes que fueron condenados. A la fecha, ningún Dumas, Hugo o Zola ha surgido entre nosotros capaz de fomentar sentimientos de empatía pública en la que se encuentran quienes sufren cárcel injustamente.

Kozinski provee sus propias cifras y abunda en comparaciones con otros países desarrollados.

Empero, me interesaron más las que encontré en un largo ensayo publicado en mayo de 2015 en la revista *The New York Review of Books*, en tanto tropicalizan, por así decirlo, la tragedia de las *mass incarcerations* en la dirección que más me interesa destacar: no sólo el encarcelamiento masivo sino también selectivo.

Se afirma en el ensayo de *The New York Review of Books* que:

los datos básicos no están a discusión. Más de 2.2 millones de personas se encuentran actualmente encarceladas en los Estados Unidos, un incremento de 500 por ciento en los últimos cuarenta años. A pesar de que los Estados Unidos representa el cinco por ciento de la población total del planeta, mantiene tras las rejas al 25 por ciento de quienes viven encarcelados [...] Otros 4.5 millones de estadounidenses viven sujetos a la supervisión del Estado que impone la libertad condicional o el indulto [...] Aproximadamente 440 000, es decir el 20 por ciento, de los 2.2 millones de presos en Estados Unidos son varones hispanos.

Casi medio millón y contando.

Y ni qué decir de un Dumas, Hugo o Zola que levante la mano en su defensa.

Al abordar el tema de la larga —e injusta— duración de las condenas en Estados Unidos, el Juez Kozinski se refiere a un tema esencial, si no es que existencial para aquellos presos que logran sobrevivir a sus condenas: ¿cómo retomar los hilos de tu vida después de pasar no tres ni cinco, sino quince, veinte o veinticinco años tras las rejas? ¿Cómo enfrentar el efecto embrutecedor y deshumanizante de largos periodos de encarcelamiento?

Si el Big Kozinski, con toda su sabiduría jurídica y su larga y valiente experiencia como Juez en la Corte de Apelaciones del 9° Distrito de Estados Unidos, no tiene respuestas precisas para estas preguntas, imagínense yo.

Estoy tan desnudo ante semejantes cuestionamientos como lo estaría Edward Guerrero el día que lograse ver la luz del día. O quizá sería algo más que la luz, algo que ni siquiera Edward sueña ni logra imaginar.

Quizá la respuesta se halla frente a mis narices y se llama la palabra, como tituló Gonzalo Rojas el siguiente poema:

Un aire, un aire, un aire,
un aire,
un aire nuevo:
no para respirarlo
sino para vivirlo.

En el caso de Edward Guerrero, se impuso una pena, cadena perpetua con derecho a indulto, un castigo aplicado sin sentido: una cadena para morir, ciertamente, de asfixia.

Así lo argumentó el profesor Paul D. Reingold, director del reputado a nivel nacional Programa de Clínicas Legales de la Escuela de Derecho de la Universidad de Michigan, en una carta fechada el 19 de junio de 2008 y dirigida a William Crane, el Juez de la Corte de Circuito del Condado de Saginaw encargado de supervisar —y para efectos prácticos mantener con vida o frenar— la petición de indulto que Edward Guerreo había estado preparando con al menos un año de anterioridad y que presentaría formalmente y por cuenta propia, es decir sin representación de un abogado, el 15 de junio de 2009.

Escribió el profesor Reingold en su misiva al Juez Crane:

Bajo las normas entonces existentes en la aplicación de condenas, si el Juez McDonald hubiera sentenciado a Edward Guerrero a un periodo de 25 a 40 años (la condena a cadena perpetua alternativa y común para un delincuente sexual joven), probablemente el señor Guerrero habría cumplido de 12 a 15 años, o habría reducido bajo ciertas condiciones el máximo de su condena a 18 años de prisión. Si el Juez McDonald le hubiera dado al señor Guerrero 30 a 50 años de cárcel, muy probablemente éste habría sido indultado entre los 15 y los 18 años y, consecuentemente, habría reducido el máximo de su condena a unos veintidós años. A la fecha, el señor Guerrero ha servido casi treinta y siete años, ello con un historial institucional limpio durante la mayor parte de esos años.

Vale recordar que el Juez Crane fue el mismo que notificó por escrito la censura a la solicitud de indulto presentada por el propio Edward Guerrero en 2009 y que ordenó igualmente la negativa a asistir a una Corte de Apelaciones, apretando con ello la cadena a Guerrero y dejándolo sin derecho al uso de la palabra durante al menos otros cuatro a cinco años, según la forma en que se calcula el tiempo de espera para volver a presentar una solicitud de indulto en el estado de Michigan.

Al momento de redactar su carta al Juez Crane, el profesor de una de las escuelas de leyes más prestigiosas del país, Paul D. Reingold, conocía como la palma de su mano el caso de Edward Guerrero y, más importante aún, había obtenido una copia de la carta fechada el 16 de septiembre de 2003 que Joseph McDonald, Juez de la Corte de Circuito del Condado de Saginaw, entonces jubilado y quien treinta y un años antes había condenado a Edward Guerrero, hizo llegar a John Rubitschun, Presidente de la Junta de Indultos del estado de Michigan.

Las constantes referencias que hace el profesor Reingold en su carta como Director del Programa de Clínicas Legales al

Juez McDonald no son producto de interpretaciones de la ley ni de subterfugios jurídicos para presentar el caso en favor de Edward Guerrero.

Las alusiones al Juez McDonald son, para efectos morales, el parafraseo de una confesión:

16 de septiembre, 2003
John Rubitschun, Presidente
Junta de Indultos de Michigan
Grandview Plaza
206 East Michigan
Lansing MI 48909

Asunto: Eduardo Guerrero, A-133491

Estimado Sr. Rubitschun:

Yo fui el juez que hizo la sentencia de este caso hace más de treinta años. Me jubilé en mayo de 1991 después de cuatro periodos como juez de circuito en Saginaw, Michigan. En el momento de la sentencia, Eduardo apenas tenía diecisiete años de edad. Debido a la grave naturaleza de su crimen, lo sentencié a cadena perpetua en lugar de darle un plazo de determinado número de años, ya que yo estaba al tanto de que, bajo la ley, él no calificaba para el indulto hasta que no hubiera cumplido al menos diez años encarcelado. Si usted revisa el expediente de la sentencia, verá que debido a su edad, le hice un exhorto personal para que aprovechara su tiempo en prisión para rehabilitarse.

Es de mi conocimiento que ha tenido un comportamiento muy bueno en la cárcel y, de la misma manera, ha aprovechado muchas de las oportunidades disponibles para recibir una educación. Igualmente, estoy al tanto de que ha completado las terapias para delincuentes sexuales. Entiendo, además, que ha sido evaluado por psicólogos del Departamento Penitenciario y que se ha considerado que no representa una amenaza a la seguridad pública. También he sido informado que contrajo matrimonio mientras se hallaba en prisión.

El Sr. Guerrero me ha escrito cartas durante los años anteriores a mi jubilación y lo continúa haciendo ahora, en mi casa de Ann Arbor. Las cartas que recibí mientras ocupaba el cargo de Juez fueron integradas a su expediente para conocimiento de mi sucesor, el Juez William Crane. He mantenido conmigo aquellas cartas que me fueron enviadas a mi domicilio. En ellas, el Sr. Guerrero se ha mostrado sinceramente arrepentido e interesado en ser un ciudadano constructivo. Si todos sus logros están integrados en su expediente carcelario, me sorprende que la junta de indultos no haya recomendado el indulto.

Yo no sentencié al Sr. Guerrero a cadena perpetua sin derecho a indulto. Tanto el abogado de oficio como yo creímos que sería considerado apto para indulto en diez años. Ambos sabíamos que eso no era una garantía, pero sí algo posible en el marco de la discrecionalidad de la junta de indultos después de una audiencia.

Es de mi conocimiento que el Sr. Guerrero presentará su caso para revisión en el futuro cercano. Si su expediente refleja todos los logros que me han sido presentados en sus cartas, así como hacia otras personas a su favor, yo recomendaría la consideración de su indulto. De existir cualquier aclaración, por favor no dude en contactarse conmigo.

Atentamente,
Juez Joseph R. McDonald, jubilado
653 N. Fifth Avenue
Ann Arbor, MI 48104
734-747-7096

Muchas dudas —y asombros y perplejidades— surgen después de la lectura de esta carta; sin embargo, una cosa queda clara: en sus deliberaciones a la hora de aplicar la sentencia, tanto al Juez McDonald como al abogado que le fue asignado por oficio a Edward Guerrero se les pasó a ambos la mano nada menos que por cuarenta y cinco años —ello sin contar los que se avecinan, que pintan color de gris el horizonte de un hombre por quien, como recuerda en su misiva el profesor Reingold, "por primera vez en todos estos años he visto que funcionarios estatales testifiquen *en favor de un preso*".

Me corrijo a mí mismo. También otra cosa queda clara: la justicia puede, en ocasiones, ser el resultado del encadenamiento de una serie de tonterías, como lo demuestra en su ensayo "Criminal Law 2.0", el Juez Alex Kozinski.

En particular, me interesa lo que el Juez Kozinski tiene que decir acerca de su décimo mito, la objetividad policiaca a la hora de investigar. En este punto, el Juez no se anda con miramientos, tira fuerte un golpe al hígado policial: "La policía posee la oportunidad única de sembrar o destruir evidencia, de influir en los testigos, de extraer confesiones y de conducir la investigación de manera tal que se construya un caso contra alguien a quien [la policía] cree que debe ser sentenciada".

En lugar de apaciguarme como lo hace con sus amigotes el personaje de Jeff Bridges en la película de los hermanos Cohen con sus suaves y hippies modos, lo dicho por el Big Kozinki incrementa mi angustia, me pone entre la espada y la pared.

Me explico.

Desde que conocí el caso de Edward Guerrero supe que su caso, al igual que un cuerpo canceroso, estaba invadido de toda clase de injusticias. Si bien no soy creyente, como él lo sabe, leí las múltiples cartas que a lo largo de los años escribían distintos clérigos en su defensa. Igualmente hablé con gente que fue cercana a su caso durante muchos años y la injusticia siempre se colaba en las conversaciones.

El propio Guerrero, en mis visitas a la cárcel y en nuestra correspondencia, sin negar su culpabilidad, siempre manifestó las injusticias cometidas en su contra.

Guerrero me ha hablado en varias ocasiones no sólo de injusticias, sino también de conspiraciones. Haciendo eco del Juez Kozinki, en un par de *e-mails* enviados previamente a una de mis visitas a Lakeland, Edward me describe la forma en que un reporte policial permite a los investigadores plasmar sus sentimientos acerca de cómo creen que fue cometido el crimen que persiguen, la manera en que se describen los hechos y éstos no se comparten con nadie, de manera tal que los encargados de preparar el reporte policial, cito a Guerrero, "inventan información, dan su propia versión, no la comparten, con lo cual se fabrica un reporte final con pocos hechos reales".

En otro *e-mail*, Edward me explica la forma en que las autoridades han conspirado en su contra, especialmente en el año 2009, cuando más cercano estuvo de obtener una audiencia pública y presentarse ante la Junta de Indultos:

A pesar de que la junta de indultos estaba lista para dar un paso adelante, Charles Brown, quien es amigo personal de la familia de una de las víctimas, llamó al Fiscal de Saginaw, Michael Thomas, para pedirle que hiciera uso de sus contactos en la oficina del gobernador para que mi caso no avanzara. Michael Thomas también es amigo personal de la familia de una de las víctimas.

Mierda. Siento que, en el caso de Edward, me hallo entre la espada y la pared.

La locución adverbial es definida por la Real Academia Española como estar "en trance de tener que decidirse por una cosa o por otra, sin escapatoria ni medio alguno de eludir el conflicto".

Injusticias de proporciones obscenas han sido cometidas en el caso de Edward Guerrero, por no hablar del racismo que los mexicanos han padecido históricamente en los Estados Unidos —y en los tiempos que corren más que nunca: la más llana y jodida injustica de todas, la persecución por ser lo que son, mexicanos.

Entre la espada y la pared, leo el reporte de pre-sentencia ela-
borado por la Oficina de Sentencias del Departamento Penitenciario del estado de Michigan, preparado para el juez
Joseph R. McDonald, el 23 de junio de 1972, legajo número
20126-4, en el que podrán leerse las versiones —versiones de
su vida— en conflicto de Edward Guerrero.

Pascal Quignard escribió: "Estoy sin Nadie en el fondo de
mí".

No hay escapatoria ni manera de eludir el aprieto, se impone tocar fondo.

Su Señoría:

RESUMEN

Con fecha del 21 de mayo de 1972, el acusado convino en declararse culpable de tres crímenes de Violación, en violación a la Sec. 28.788 MSA, ante el Juez, el Honorable Joseph R. Mc Donald, Juez de Circuito del Condado de Saginaw. El caso fue entonces referido al Departamento Penitenciario del estado de Michigan para su investigación antes de dictar sentencia. El acusado ha sido representado por el Abogado William Dillon.

El acusado fue originalmente declarado culpable de nueve cargos en su contra —tres cargos por Violación, tres cargos por Asalto a Mano Armada, y tres cargos por Secuestro—. Una orden previa con fecha del 2 de noviembre de 1972 fue instruida por el Juez Bruce J. Scorsone, del 70° Distrito. La instrucción por los nueve cargos deriva de tres incidentes separados, ocurridos con fechas 20/10/71, 21/10/71 y 30/10/71. En cada caso, las víctimas fueron secuestradas en lotes de estacionamiento de centros comerciales y llevadas a otras locaciones donde fueron violadas y asaltadas. El acusado cometió el primer crimen solo, por sí mismo, sin embargo durante los crimines siguientes estuvo acompañado por dos diferentes jóvenes en cada caso. Entre éstos, tres eran delincuentes juveniles y otro más era un mayor de edad de diecisiete años de edad, Martin Vargas, cuyo caso se encuentra pendiente de instrucción ante su Señoría. Los delincuentes juveniles, Felisiano Chacon Jr., nacido el 9/12/55, Jose Garcia, nacido 12/5/56, así como Rodolfo Martinez, nacido el 3/2/56, habían sido puestos previamente a disposición de la ley por las autoridades encargadas de crímenes juveniles. Chacon y Garcia habían sido admitidos en una escuela correccional y Martinez había sido temporalmente reubicado con un pariente suyo en las afueras de la ciudad.

Dos de las víctimas fueron mantenidas secuestradas durante aproximadamente dos horas y la otra víctima fue secuestrada durante aproximadamente cuatro horas. Durante este tiempo, fueron intimidadas, amenazadas de muerte y lastimadas a punta de cuchillo u otro instrumento similar, así como forzadas a someterse a varias indignidades sexuales antes de ser liberadas. Sus cuerpos estaban lastimados y al menos a una de las víctimas le habían roto dos dientes. Dos de los secuestros ocurrieron a plena luz del día, cuando uno espera estar relativamente a salvo. El otro crimen ocurrió poco después de las 9:00 p.m. Dos de las víctimas fueron secuestradas en el estacionamiento del Centro Comercial Fort Saginaw y la otra víctima fue abducida en el lote de estacionamiento del Shoppers Fair. Para mayores detalles acerca de los crímenes cometidos, referirse por favor a la sección titulada VERSIÓN DE LOS CRÍMENES POR LOS INVESTIGADORES.

EVALUACIÓN Y PLAN

El acusado, de diecisiete años de edad, soltero, oriundo de Saginaw, es el tercero de una familia de cinco hijos. Hasta hace aproximadamente un año, sus padres residían en el número 300 de la calle 24, en el lado Este de Saginaw. Después construyeron una casa en el oeste de la calle Gary, en la vecina ciudad de Montrose. Su padre ha sido empleado de la Fundición Malleable Central y ha contribuido de manera adecuada al bienestar de la familia. Su madre ha trabajado como asistente de maestra. El acusado declaró que siempre ha vivido en la casa paterna. Mencionó que se siente más cercano a su madre ya que ésta siempre trataba de ayudarlo a mejorar. Su madre se encargaba usualmente de disciplinarlo y con frecuencia encubría a su hijo ya que en ocasiones el padre le pegaba en la cara con la palma de las manos. El acusado declaró que muy raramente discutía sus problemas con sus padres. Admitió haberse fugado tres veces siendo menor de diecisiete años, usualmente porque se negaba a hacer algo que sus padres le habían pedido. Dice no creer que sus padres son responsables por su actual situación. Al contrario, manifestó que de haberles escuchado, no estaría ahora en problemas. Su vida ocurrió de manera llevadera en la casa paterna hasta que cumplió trece o catorce años y, entonces, bajo su propia admisión de los hechos, comenzó a buscar la aceptación de otros jóvenes en las calles. Sus padres se oponían a estas relaciones, pero él no los escuchaba.

Sus padres fueron entrevistados por separado. Ambos confirmaron que comenzaron a experimentar dificultades con el acusado a la edad de catorce años, cuando empezó a rebelarse contra la autoridad paterna. Su madre indicó que sus estados de ánimo oscilaban de un extremo a otro. Nunca sospecharon el uso de drogas hasta que tenía aproximadamente dieciséis años de edad. Su madre recuerda una ocasión (julio de 1969) cuando lo llevaron a un hospital local debido a una sobredosis de drogas. Casi murió en esa ocasión, y tras dicha ocasión pareció mejorar durante dos meses, al fin de los cuales regresó a las calles y las cosas se deterioraron rápidamente. Sus padres aseguran que buscaron la ayuda de autoridades juveniles y otras agencias sociales, pero nadie pareció ser capaz de hacer algo. Finalmente, en julio de 1970, fue referido a la Corte de Delincuentes Juveniles acusado de fuga de la casa paterna. No se tomó ninguna acción formal y la petición fue desestimada tras consultar con su familia. Fue referido de nuevo en marzo de 1971, luego de robar un automóvil perteneciente a un maestro de la escuela secundaria Buena Vista. Una vez más, no se tomaron medidas oficiales ya que el maestro decidió no levantar cargos en contra. Finalmente, en marzo de 1971, fue remitido a la Corte de Delincuentes Juveniles por robo de un revólver y fue subsecuentemente puesto en libertad provisional. Las autoridades juveniles correspondientes notaron que la disciplina paterna en la casa familiar era inconsistente. El padre del acusado se negaba a tomar en serio los actos de su hijo y delegó todo asunto disciplinario en su madre. Después de esto, el Sr. Guerrero admitió que había decidido no tomar parte en temas de disciplina. El Sr. Guerrero parece ahora auto-inculparse en relación con las dificultades de su hijo. Siente que si hubiera pasado más tiempo junto a él, los actuales crímenes no habrían ocurrido. Ha manifestado temer que si el acusado es sentenciado a prisión, regresará a la comunidad convertido en un individuo resentido y endurecido.

Al hablar con algunos de los antiguos vecinos en el lado este de Saginaw, se supo que los señores Guerrero gozaban de una excelente reputación. El Sr. Guerrero pasaba tiempo con sus hijos. En determinada época dirigió un equipo en una pequeña liga de beisbol y acostumbraba llevar al acusado y a otros chicos del vecindario a jugar golf. Resultó difícil para los antiguos vecinos creer que el acusado hubiera podido verse involucrado en los crímenes que enfrenta, especialmente desde el punto de vista de que sus padres le habían dedicado mucho tiempo, al igual que a sus otros hijos. Una antigua vecina, la Sra. Betty Strohpaul, declaró que el acusado había sido un buen joven en sus primeros años de escuela secundaria. Entonces algo sucedió. Ella comenzó a sospechar el uso de drogas debido al comportamiento errático de parte del acusado. Sus padres le habían expresado su preocupación en numerosas ocasiones. Temían que tomara un camino problemático y nadie parecía capaz de ayudarles.

En un esfuerzo por ubicar el punto en el cual el acusado comenzó a experimentar dificultades, entrevisté a la Sra. Teresa Borowski, prefecta en la escuela secundaria Ricker Junior. Recordaba al acusado como un joven calmado, educado y agradable en el trato, si bien en ocasiones era enviado a su oficina. Su primer contacto con la familia Guerrero ocurrió al tratar de ayudar a la hermana del acusado, Irene. Irene tenía un notable potencial académico y la Sra. Borowski la alentó en todos los aspectos que pudo. Consecuentemente, cuando el padre del acusado decidió que éste debía tomar el curso de álgebra, se acercó a la Sra. Borowski, solicitándole que alentara también al acusado. Si bien el acusado aceptó tomar el curso, dudó de sus habilidades para completarlo. Tomó el curso porque su padre así lo deseaba. Según la Sra. Borowski, el Sr. Guerrero mantenía altas expectativas respecto al acusado. El acusado era su orgullo y felicidad. La Sra. Borowski cree que el acusado llegó a pensar que nunca estaría a la altura de las expectativas de su padre, por lo que se desvinculó de la escuela y de sus padres. Compensó su vida social regresando a las calles, en busca de reconocimiento y aceptación. En opinión de la Sra. Borowski, el acusado tiene probablemente una inteligencia promedio. Sin duda tendría la capacidad de terminar la escuela secundaria con notas promedio. La Sra. Borowski destacó el hecho de que el acusado es de estatura pequeña y que ello le causaba fuertes resentimientos e inadaptación. En su opinión, podía ser extremadamente inmaduro. Tenía una intensa necesidad de reconocimiento por parte de otros jóvenes, lo cual probablemente se manifestó como un sustituto al reconocimiento de los padres. Usualmente, la respuesta de los padres consistía en pedir y exigir más de él, con poco reconocimiento o aprobación por sus logros inmediatos. El rechazo de valores aceptables y convencionales como un medio de reconocimiento por parte de sus compañeros le ocasionó problemas tanto con la autoridad paterna como la autoridad de los adultos.

El Director de la escuela secundaria Ricker Junior, Sr. John Parham, declaró que el acusado no se mostraba desafiante ante la autoridad. En el caso de que haya tenido problemas serios en Ricker

Junior, ello debió de haber ocurrido durante las tres o cuatro últimas semanas del año académico 1968-1969. Ése fue el año en que se vivieron los disturbios raciales. El Sr. John Parham indicó que los jóvenes mexicanos se encontraron a sí mismos en medio del conflicto, siendo forzados a tomar partido. Duda que ello haya tenido un efecto negativo en el acusado, pero no puede estar seguro. Las notas del acusado eran, generalmente, Cs y Ds, con Bs en el Taller de Diseño y Metales. Resulta interesante tomar en cuenta que reprobó el curso de Álgebra, el cual había tomado en 9° grado por decisión de su padre.

Después de abandonar la escuela secundaria Ricker Junior ingresó al 10° grado en la escuela secundaria de Buena Vista. Ahí desarrolló una reputación de ser "un terror divino". Siendo considerado un problema constante, las autoridades académicas se vieron incapaces de controlar sus actividades. El Sr. John Cutherson, Director de la escuela, describió al acusado como alguien completamente indisciplinado y echado a perder. Comentó que la madre del acusado intentó disciplinarlo pero que el padre creía que en realidad no causaría ningún daño. El Sr. John Cutherson recuerda un incidente en el cual el acusado fue denunciado por su novia de haberla secuestrado de la escuela y de haberla molestado. Existe un reporte policial para efectos de esta acusación (Queja Buena Vista #37-4497-70, con fecha del 11/09/70), sin embargo no se llevó a cabo ninguna acción oficial toda vez que las autoridades dudaron acerca de la veracidad de la denuncia hecha por la joven. El Sr. John Cutherson también recuerda otra ocasión, cuando sorprendió al acusado discutiendo con su novia en las instalaciones de la escuela y tuvo que separarlos físicamente uno del otro. El Sr. John Cutherson comentó: "Con Eddy, o eras amigo o bien un resentido enemigo, pero nada en medio". Luego de que el acusado robase el automóvil de un maestro, fue expulsado de la escuela.

Al discutir el caso con el Sr. Theodore Metiva, Prefecto de la escuela secundaria Buena Vista, se confirmó que el acusado había completado 6 y medio créditos, por lo que para efectos de graduación, había completado el 10º grado. Para poder graduarse, requería quince créditos. Para obtener el Diploma de la escuela secundaria Buena Vista habría necesitado completar las siguientes clases:

10º grado de Inglés – 2º semestre
11º grado de Inglés – 2º semestre
12º grado de Inglés – 1 año
Matemáticas Comerciales – 1 año
Ley de Negocios – 2º semestre
Historia Universal – 2º semestre
Historia Americana – 2º semestre
Gobierno – 1 semestre
Economía – 1 semestre
Biología – 2º semestre

Lo anterior le habría otorgado los seis créditos adicionales, requiriendo además 2 y medio créditos de cursos optativos.

Tras su expulsión de la escuela secundaria Buena Vista, el acusado fue admitido en la escuela secundaria de St. Joseph. Ahí, encontró una amistad, la Hermana Ardith Platte. La Hermana Platte se involucró con él e intentó pasar el mayor tiempo posible en su compañía. Lo alentó a que continuase su educación, al tiempo que creyó que desarrollando una relación cercana, ella sería una ayuda para él. La Hermana Ardith Platte se mostró muy sorprendida al escuchar que el acusado había estado involucrado en ofensas de semejante naturaleza, pues ella jamás se sintió amenazada en lo más mínimo en presencia de él. Lo describió como un joven tranquilo que se siente rechazado por sus padres y otros que lo consideran un causante de problemas. Según la Hermana Ardith Platte, se esperaba de él un pésimo comportamiento, y él a su vez decidía no decepcionarlos en sus expectativas. Sin embargo, la Hermana Ardith Platte percibe que hay bondad en él. A la vez que juega el papel del tipo duro, la Hermana Platte cree que él preferiría actuar de una manera más positiva. La Hermana Platte comentó que en una relación de uno a uno, él puede ser útil y un amigo fiel. Empero, a él le preocupa ganarse y ser reconocido por otros jóvenes, por lo que sus actividades delictivas le han ofrecido un vehículo para lograr tal propósito. La inconsistencia en cuanto a disciplina paterna también ha jugado un rol. La Hermana Platte declaró que aparentemente la madre está fastidiada respecto al acusado y que el padre ha sido indiferente respecto a él. Ello ha resultado en un profundo sentimiento de irritación y una fuerte, casi anormal, necesidad de afecto.

Parece evidente que la Corte está tratando con un joven quien, hasta el 9º grado, llevaba una existencia relativamente normal. Cumplía con las expectativas de la autoridad, causando poco o nulo problemas. Demostró tener la capacidad académica para probablemente completar la escuela secundaria con al menos notas promedio. Sin embargo, el conflicto se desarrolló entre él y sus padres. La disciplina en casa era inconsistente y si bien el padre mantenía altas expectativas de él, el acusado consideraba a su padre ambivalente o tal vez preocupado por otros asuntos. La madre del acusado se encontró en la posición de jugar el disciplinario, una posición que fue incapaz de sostener, especialmente cuando el acusado se comenzó a rebelar. Mientras el padre del acusado parecía ser un individuo más bien insensible hacia el acusado, éste estaba al tanto de las expectativas que su padre mantenía. Recibía pocos elogios o nulo reconocimiento por sus buenos actos y logros personales. Incluso cuando trabajaba largas horas ayudando a su padre en la construcción de su casa en el área de Montrose, constantemente se le reclamaba que hiciera y se dedicara más. Al mismo tiempo, al parecer descubrió que, al contrario de sus padres, podía ganar la aceptación y el reconocimiento de otros jóvenes de su edad mediante la actividad delincuencial. No sólo eso, sino que era más placentero. Eventualmente, se involucró en el consumo de drogas y entonces todo se deterioró rápidamente. Admite haber consumido anfetaminas a la edad de catorce años y desde entonces ha consumido mariguana, mezcalina, LSD y aspirado cocaína en un par de ocasiones. En mi opinión, existe la alta probabilidad de que estuviera usando sobre todo anfetaminas. Ha consumido bebidas alcohólicas desde los quince años pero solamente se ha emborrachado aproximadamente diez veces. Declaró que rara vez bebía, pues prefería las drogas que el alcohol. Durante la entrevista preparatoria de la sentencia, no se le notaron inhabilidades físicas y no hay historial de enfermedad mental o epilepsia. Ha tenido las enfermedades propias de una niñez normal, sin complicaciones.

Respetuosamente,
BURÓ DE SERVICIOS DE CAMPO

Carl R. Schultz John K. Frost
Agente Superior de Condicionamiento/Agente
de Indulto/Condicionamiento
Condado de Saginaw/Condado de Saginaw

A continuación, el documento oficial que relata los crímenes cometidos por Edward Guerrero y sus compinches, entre los días 20 y 31 de octubre de 1971:

VERSIÓN DEL INVESTIGADOR ACERCA DEL CRIMEN

El acusado ha sido inculpado con tres cargos de Violación, contrario a la Sec. 28.789MSA.

En el siguiente reporte, los crímenes se describirán en orden cronológico.

Crimen I

Este crimen aparece en el caso Departamento de Policía de Saginaw #18119-71, e involucra la violación de Leta Simmons, edad 19 años, dirección 816 al sur de la calle Harrison, Saginaw. El incidente ocurrió aproximadamente a las 12:10 p.m. cuando la víctima fue abducida en el lote de estacionamiento del centro comercial Shopper Fair, ubicado al oeste de la calle Genesee, por un sujeto que más tarde ella identificó como el acusado. Los expedientes de policía indican que el acusado había visto a la víctima manejando en el lote de estacionamiento en una camioneta van de marca Ford 1966. Después de haberse estacionado, el acusado la siguió hasta una de las tiendas, volvió a salir y la esperó detrás de la camioneta. La víctima no se percató de su presencia hasta que abordó su camioneta al momento que el acusado le arrojó un trapo y le acercó un objeto cortante directamente al cuello. Fue entonces cuando le ordenó manejar y salir del estacionamiento. Eventualmente llegaron al boliche Stardust Bowling Lanes, en la calle Bay, donde le ordenó estacionarse a suficiente distancia de otros automóviles. Llegado este punto, la víctima intentó fugarse pero el acusado la arrastró de nuevo hacia la parte trasera del interior de la camioneta. Ella trató de golpearlo pero el acusado le pegó tres puñetazos en la cabeza, tras lo cual le ordenó que se quitara la ropa. Ella accedió a seguir sus instrucciones y entonces fue violada por el acusado.

Después de la violación, el acusado la amarró, dejándola desnuda en la parte trasera de la van mientras manejaba sin dirección específica. La víctima declaró a la policía que incluso el acusado se detuvo en una casa desconocida donde varios jóvenes no identificados se asomaron al interior de la parte trasera de la camioneta. En una siguiente ocasión, el acusado se detuvo y cargó gasolina en una estación de servicio. Poco tiempo después el acusado sostuvo a la víctima para penetrarla por la vía anal. Adicionalmente, la forzó a una felación. En total, la víctima estuvo cautiva aproximadamente dos horas y media. Fue dejada en libertad aproximadamente a las 3:00 p.m., cuando el acusado la dejó abandonada en su camioneta en la calle 5ª, cerca de las vías del tren. La víctima acudió a un policía en el número 400 de la calle Federal y le reportó el incidente. Fue llevada y atendida en el hospital St. Mary y dejada en libertad. Durante el crimen, el acusado extrajo entre veinticinco a treinta dólares de la bolsa de mano de la víctima.

Crimen II

El Crimen II involucra Robo a Mano Armada, Secuestro y la Violación de Louaine Hirschman, de diecisiete años de edad, con residencia en el número 1727 al norte de la calle Clinton, en Saginaw. El caso fue consignado por el Departamento de Policía de Buena Vista, caso #09745, con fecha del 21-10-71. El crimen ocurrió poco después de las 9:00 p.m., cuando la víctima dejó su lugar de trabajo en el Salón de peinados Elaine Powers Figure.

De ahí se dirigió al centro comercial Fort Saginaw, donde estuvo en el K-Mart. Habiendo salido de la tienda aproximadamente diez minutos después, antes de que pudiera cerrar la puerta tres sujetos la sujetaron y la obligaron a subir a su propio automóvil. Un sujeto más tarde identificado como el acusado la empujó en medio del asiento delantero, mientras otro sujeto se subió para estar a su lado derecho. Un tercer sujeto se subió al asiento trasero del vehículo. A pesar de que había gente cerca en el estacionamiento, nadie escuchó los gritos de la víctima pidiendo ayuda. Más tarde la víctima identificó al acusado como el primero en empujarla al interior de su automóvil. Los otros dos sujetos fueron identificados como Felisiano Chacon Jr., nacido el 09/12/55, y Martin Vargas, nacido el 30/01/54.

Una vez que estuvieron en el interior del vehículo de la víctima, el acusado y sus acompañantes la sujetaron fuertemente mientras el acusado manejaba, apartándose del estacionamiento. Cuando la víctima trató de oponer resistencia, uno de los sujetos la amenazó con un cuchillo. Manejaron hasta una zona pública (El Veterans Memorial Park), ubicado en M-13, a escasa distancia del norte de Saginaw, donde la desnudaron y los tres sujetos la violaron consecutivamente. La víctima informó a la policía que el acusado y Martin Vargas la forzaron para que les diera felación a ambos. La víctima estuvo con ellos desde las 9:00 p.m. hasta aproximadamente la 1:35 a.m., hasta que en las primeras horas del 22/10/71 su padre la encontró en la estación de servicio Martin, ubicado entre las calles 17 y Holland. Su padre la había estado buscando durante varias horas al percatarse de que no regresaba del trabajo a la hora habitual. La reportó como persona extraviada ante oficiales de la policía. El expediente de la policía indica que mientras la víctima estuvo con el acusado y sus acompañantes, fue violada en numerosas ocasiones y vejada indignamente. Sus senos estaban lastimados en las áreas en que sus atacantes la pellizcaron, y dos de sus dientes los tenía rotos. Antes de dejarla en libertad, le robaron aproximadamente 30 dólares de su bolso.

Crimen III

El Crimen III involucra Robo a Mano Armada, Secuestro y violación de Catherine A. Duffett, edad 25 años, casada, madre de dos niños, residente en el número 708 de la calle Cambrey, en Saginaw. El crimen ocurrió el 31/10/71, cuando la víctima fue abducida en el estacionamiento del K-Mart, en el centro comercial Fort Saginaw, aproximadamente a las 2:00 p. m. El incidente aparece en la Denuncia #12450 ante el Sheriff del Condado de Saginaw, con la misma fecha. El expediente policial indica que la víctima conducía una camioneta Ford 1969 y que iba sola. Después de estacionar su vehículo en el centro comercial Fort Saginaw, la víctima ingresó al K-Mart. Al momento de regresar a su vehículo, se disponía a abrir la puerta del lado del copiloto. Repentinamente, un sujeto después identificado por la víctima como el acusado, acabó de abrir la puerta y le propinó un puñetazo en la quijada. Le puso un cuchillo en la garganta y la forzó a entrar al vehículo y sentarse en el asiento delantero. Había otros dos acompañantes con el acusado, quienes más tarde fueron identificados como Rudy Martinez, nacido 03/02/56, y Joe Paz Garcia, nacido el 12/05/56. El acusado y sus acompañantes revisaron el bolso de la víctima, extrayendo del mismo 3 dólares y una chequera. El acusado comenzó entonces a desabotonar el vestido de la víctima. En ese momento Rudy Martinez sostuvo el brazo derecho de la víctima hacia abajo para que el acusado continuara desnudándola. Mientras esto ocurría, los atacantes reconocieron al Sr. John Francis Matuzak, maestro en la escuela secundaria Buena Vista. El Sr. Matuzak se había detenido para hacer uso del retrete cercano, y los jóvenes lo reconocieron. El acusado instruyó a Joe Garcia a salir del vehículo y asegurarse de que nadie se aproximara al mismo. Continuaron desabotonando el vestido de la víctima, pero cuando otros automóviles entraron al estacionamiento, Joe Garcia volvió a subir al vehículo y salieron en dirección a Saginaw. Después de haber recorrido una milla, dieron vuelta en dirección a Bay City. Forzaron a la víctima a ocupar el asiento trasero. El acusado iba también en el asiento trasero mientras sus acompañantes iban al frente. Rudy Martinez conducía la camioneta y el acusado volvió a intentar desnudar a la víctima. Ella suplicó que la dejaran ir. Gritó tan fuerte como pudo, pero los dientes de sus quijadas tenían frenos debido a una operación reciente. Cuando el acusado continuó desvistiéndola, la víctima fingió que se desmayaba. Sin importar, el acusado siguió intentando desnudarla. Entonces el acusado y Joe Garcia comenzaron a tocar sus partes privadas y a hacer coméntarios derogatorios. Buena parte del manoseo fue hecho por el acusado mientras continuaba haciendo comentarios obscenos para que escucharan sus acompañantes. Finalmente, ya que Rudy Martinez no pudo encontrar un lugar seguro donde estacionar, el acusado decidió que él tomaría el volante. Instruyó a sus acompañantes a que empujaran a la víctima hasta la parte trasera de la camioneta, como "un pedazo de carne". La víctima cree que condujeron cerca del bar Orbit, en la calle Bay, donde el acusado la violó. Antes de tener coito con ella usó vaselina que había traído consigo. Después de completar la violación, el acusado les dijo a sus acompañantes que lo intentaran ellos también, pero éstos se negaron. Mientras tenía coito con la víctima, el acusado les dijo a sus acompañantes que era muy fácil ya que ella ya había tenido niños. Poco después, la dejaron en su vehículo, cerca de la calle Lapeer, en el centro de Saginaw. La víctima detuvo a un automovilista, quien la acompañó al Cuartel, para después ir a su casa e informar acerca de lo sucedido. Fue atendida en el Hospital General y dada de baja esa misma noche. Después de violar a la víctima, el acusado le robó sus aretes y su anillo de bodas. La víctima pudo más tarde identificar a sus atacantes y adicionalmente pudo proveer a las autoridades el nombre del maestro que había espantado a los atacantes mientras estaban estacionados en el Veterans Memorial. Al ser interrogado por la policía, el maestro de escuela recuerda haber visto al acusado manejando el automóvil de la víctima a la hora y tiempo en cuestión. Adicionalmente, en la camioneta de la víctima se recuperó un tubo de vaselina con las huellas digitales del acusado.

Con fecha del 02/11/72, las correspondientes demandas criminales fueron firmadas por las víctimas, Catherine Ann Duffett, Leta L. Simons y Luaine Ellen Hirschman ante el Juez Bruce J. Scorsone, del 70° Circuito, y nueve ordenes fueron expedidas contra el acusado por tres cargos de Robo a Mano Armada, contrario a la Sec. 28.797 MSA; tres cargos por Secuestro, contrario a la Sec. 28.581MSA y tres cargos de violación, contrario a la Sec. 28.788 MSA. El acusado se declaró no culpable en esa fecha, por lo que se estableció una fianza de 10 000 dólares por cada cargo (un total de 90 000 dólares), misma que no se pagó. El abogado Howard A. Maturen fue designado abogado defensor de oficio con fecha del 11/04/72. Con fecha del 10/11/71 los abogados Brisbois y Sturtz solicitaron una comparecencia. Más tarde se retractaron y dejaron el caso al Abogado William Dillon, quien desde entonces representa al acusado. La examinación fue completada ante el Juez Harold W. Martin, del 70° Circuito, y con fecha del 23/12/71 el acusado fue puesto a disposición de la Corte por todos los cargos en su contra. Con fecha del 29/11/71, al acusado le fue ordenado por el Juez Joseph J. Scorsone un examen en el Centro Forense Psiquiátrico. En un reporte firmado por Gerhardt A. Hein, M.D., Psiquiatra Consultor, fechado el 23/12/71, el acusado fue declarado competente para someterse a proceso judicial. Con fecha del 10/04/72, el acusado y su abogado se mantuvieron en silencio al escuchar la lectura de los nueve cargos que enfrenta el acusado. La Corte aceptó la declaración de no culpabilidad. La fianza se redujo a 5 000 dólares por cada cargo (un total de 45 000 dólares), misma que no se pagó. Consecuentemente el acusado ha permanecido bajo custodia desde su arresto el 01/11/71.

El Asistente de la Fiscalía del Condado de Saginaw, Daniel Webber no tuvo otros comentarios respecto a la sentencian excepto que los crímenes cometidos eran demasiado graves.

El Abogado defensor, William Dillon, concuerda en que su cliente será encarcelado. Sin embargo, solicita a la Corte una recomendación para que el acusado sea puesto a disposición de las autoridades correccionales en una institución correccional que le permita completar la escuela secundaria. Señaló que el acusado apenas tiene diecisiete años de edad y que debe dársele una oportunidad de regresar a la comunidad lo más pronto posible.

VERSIÓN DEL ACUSADO ACERCA DEL CRIMEN

Durante la entrevista de presentencia, misma que tuvo lugar en la Cárcel del Condado de Saginaw, el acusado se mostró renuente a discutir con detalle los crímenes cometidos. Cuando finalmente se decidió a hablar acerca de los cargos que se le imputan, reordenó la cronología de los crímenes, indicando que el primer delito cometido había sido contra Luaine Hirschman. El segundo delito que listó fue el cometido en contra de la Sra. Duffett y el tercero contra Leta L. Simons. El propósito aparente de reordenar así lo ocurrido fue dar la impresión de que en los dos primeros crímenes el acusado se hallaba acompañado por otros jóvenes que lo azuzaron. Respecto al tercer crimen, aceptó haber actuado solo. Después de revisar el reporte de policía se determinó que no era tal el caso, por lo que se le volvió a interrogar unos días más tarde. En esa ocasión posterior, enlistó los crímenes en el orden cronológico correcto, admitiendo que había tenido relaciones sexuales con Leta Simons y Luaine Hirschman. Sin embargo, negó haber tenido coito con la Sra. Duffett, argumentando que Joe Garcia había sido quien sí había tenido relaciones con ella.

El acusado argumenta que en cada ocasión estaba "pasado" de drogas. Afirmó saber que lo que había hecho era un crimen pero que no lo consideraba tan serio como fue. Nunca consideró las consecuencias para sí mismo ni para sus víctimas. Declaró que una vez que hubo pasado el efecto de las drogas consumidas, se sintió culpable y alterado por lo que había hecho. Cuando se le entrevistó en la Cárcel del Condado, su remordimiento pareció enfocarse hacia su preocupación respecto a cuánto tiempo pasaría en prisión.

La prueba última y definitiva niega que una historia, para ser cabalmente contada, debe abstraerse de seguir la cronológica flecha del tiempo. Contra el sentido común, se nos enseña que hay que aceptar que las cosas suceden de una manera, del punto A al punto B, de ahí al C y así sucesivamente; pero para que cualquier historia, por simple que sea, pongamos por ejemplo el mero recuento de una anciana que cruza una avenida, las historias, decía, tienen, deben, ser reformuladas, subvertidas, puestas en tensión por los saltos en el tiempo, por los detalles que vale mejor no obviar, ni pasar por alto los espacios en blanco con los que se quiere subrayar un aspecto, un punto de vista que le resulta necesario, si no es que imprescindible, al proceso mismo de contar una historia.

En suma, es imposible contar las cosas de los hombres según el orden estricto en que ocurren. La ficción y la no ficción se confunden entonces, creando un magma en el cual la novela no sólo funciona como forma narrativa, sino también como instrumento para la indagación, una suerte de máquina barrenadora que nos sirve para apartar, ordenar, catalogar, los materiales disponibles para enseguida volverlos a desordenar en aras de montar una nueva estructura narrativa, hallar el oro de la explicación que nadie había considerado.

Traigo a cuenta lo anterior porque la historia o cúmulo de historias que he querido contar se sustraen a la lógica del A-B-C-D-etcétera.

El otro día recibí una copia de la carta que Larry Margolis le envió a Edward Guerrero, básicamente explicándole que no había elementos sólidos bajo las leyes existentes para representarlo legalmente con éxito. Casi al final de la carta, Larry, el bromista, se pone serio y le escribe a Edward que está haciendo todo bien en la prisión y que lo insta a mantenerse en el camino positivo y productivo en el que ha demostrado estar, seguido de una frase que no sé si tomar como confortante, dada la edad de Edward, o más bien demoledora: "No creo que lo vayan a mantener preso el resto de su vida."

Esta mañana de Navidad recibí dos llamadas telefónicas de Edward Guerrero. No pude contestar la primera de ellas. Un par de horas más tarde, Edward regresó a la zona de teléfonos y volvió a llamarme. No podía, pero tuve que contestarle. Cuando digo que *no podía* me refiero a que la mayor parte de la mañana la había pasado bajo las cobijas, mientras el punzón de la depresión trabajaba escrupulosamente los recovecos de mi sistema nervioso central, haciéndolo añicos y dejándolo convertido en un extraño paisaje lunar.

Quería saber qué pasaba con Larry. Le conté acerca de la carta de Margolis y su negativa a representarlo legalmente. Empezaba, al menos en lo que se refiere a la vida en prisión de Edward Guerrero, una nueva historia, o al menos otra deriva de la que intenté contar aquí. Una historia que el propio Edward conoce de sobra.

Sigo pensando que, en el fondo, Edward Guerrero no me engaña. Quizá no se engaña ni a sí mismo, solamente alterna las versiones de su realidad para poder sobrellevarla. Eso, qué duda cabe, lo hacemos todos. De lo contrario enloqueceríamos.

En ocasiones, contadísimas, le llega a uno el atisbo, precaria luz de una vela, del posible fin de una historia.

Y sin embargo, la luz de la vela no cede ante el viento y los elementos, ahí sigue, apenas arrojando su frágil y precaria luz sobre esa esquina que encontramos en toda historia, cruel o no, y que se llama esperanza.

CODA

Nada tiene nunca un final. Nada tiene nunca un comienzo.

El 20 de septiembre de 2017 Edward Guerrero recibió una noticia esperada, cero sorpresiva. El presidente de la Junta de Indultos del Departamento Correccional de Michigan le notificó que su próxima audiencia pública, la enésima que ha tenido desde que está en el tanque, tendría verificativo el jueves 9 de noviembre, mismo año, en el centro de entrenamiento T-100 del complejo penitenciario G. Robert Cotton, en la soporífera ciudad de Jackson.

Habían pasado muchos meses y un buen día llegaron hasta el buzón de mi casa la carta de Edward Guerrero y el anuncio de su audiencia pública. Sabía que el hombre encararía por sí mismo, solo, sin el acompañamiento obligado pero financieramente prohibitivo de un abogado, un proceso meramente formal, su presentación ante la Junta de Indultos, un primer y decisivo paso en el proceso de revisión de su condena con miras a su liberación, en el cual se analiza todo, expedientes de comportamiento dentro de la prisión, reportes de los jefes de Guardia de la sección donde vive encarcelado, dictámenes de trabajadoras sociales, evaluaciones psiquiátricas de médicos que apenas lo conocen... La misma historia —su historia— de siempre.

Todo ello ocurría mientras yo, por mi parte, sentía vivir mi historia de siempre: las idas y venidas de la afectación emocional mal llamada depresión que me acompaña desde hace tiempo, mis sempiternas dudas respecto a la escritura, la constante dificultad para acostumbrarme al trabajo con el que me gano la vida y, gracias al cual, solicito la credulidad del lector por un instante, parezco ser quien soy.

Si una cosa me había quedado clara en mi relación con Edward es que con él parece ocurrir lo contrario: su vínculo con la vida parece estar hecho de concreto armado.

Sin embargo, una vez que me enteré de su próxima audiencia pública, supe —¿lo sabría él también?— que caminaría como una oveja al matadero.

Y eso fue precisamente lo que ocurrió.

Sin previo aviso, decidí desplazarme durante más de dos horas hasta el impresionante complejo penitenciario de Jackson, Michigan.

Un conjunto de ciudades-prisión en sustitución de la ciudad-Estado.

O si se prefiere, ese entramado de instituciones, leyes, prácticas, medidas policiacas, discursos y proposiciones, que se conoce en las ciencias humanas como *dispositivo*.

En este caso un gigantesco dispositivo.

Apenas es necesario advertir que en una cárcel no son comunes las buenas maneras, ni tampoco la consideración del tiempo de los demás.

La audiencia, que originalmente estaba programada a las once de la mañana, comienza por posponerse dos horas una primera vez, luego otra hora y media más en el segundo anuncio que nos dan los guardias de la prisión Robert Cotton. ¿Quién fue ese tipo, qué hizo? No me interesa. Además, nos tienen con el teléfono en resguardo bajo llave, digo, por si quisiera googlearlo.

Hacia las tres de la tarde, calculo a estas alturas en mi confusión espacio-temporal, al fin nos avisan que pasemos al centro de acondicionamiento T-100, donde ya nos esperan los miembros de la Junta de Indultos. Hay que recorrer a pie unos 400 metros de descampado. Hace un viento helado, imposible discernir si es el otoño que se despide o el invierno que nos da la bienvenida en esa tierra baldía.

La sala acondicionada para llevar a cabo una audiencia pública resulta ser un galpón maloliente y salitroso en el que abrigos y suéteres salen sobrando. Al parecer, todo ha sido complicaciones ese día. A la Junta sólo se presentan tres de sus miembros, los otros siete se recusan por interpósita persona. Los acompaña el hombre en apariencia más cómodo y también más severo, sentado en una silla de ruedas, que jamás haya conocido en mi vida. Se trata del representante de la Fiscalía del Estado. Ellos presidirán la sesión, el resto de nosotros, los asistentes, estamos sentados en unas butacas destartaladas, colocadas ahí para la ocasión.

A continuación y durante las siguientes horas, se despliega en todo su siniestro esplendor, si tal cosa es posible —y lo es, ahí estuve yo—, ese conjunto heterogéneo que algunos pensadores críticos han designado con el nombre de dispositivo.

No me extiendo demasiado en los detalles, los mórbidos y los meramente oficiosos.

Me limitaré a escribir que en el instante en que se abre la sesión, el dispositivo entero del sistema penal y judicial se abate como una tormenta de acero sobre Edward Guerrero, sobre lo que queda de él, un hombre enjuto, encadenado de las muñecas a los pies, la cabeza afeitada y sudorosa, los anteojos mal acomodados. El temple firme con el que siempre me habló de sí mismo, su aparente seguridad, se desvanecen. La escena la dominan los miembros de la Junta de Indultos y, sobre todo, el hombre de espalda alargada y cabeza de águila sentado en su silla de ruedas. Le pide a Edward que describa con precisión cada uno de los tres crímenes por los que cumple condena, que inicie el recuento con lo primero que hizo y pensó un día hace cuarenta y seis años. Nervioso, confundido, Edward es incapaz de articular frases que sean de la satisfacción del representante del Fiscal del Estado. Cruzado por las preguntas que como flechas ardientes le arroja el hombre en silla de ruedas, Edward termina por desplomarse. Este hombre no quiere cooperar, afirma sentenciosamente el abogado del Estado, es todo suyo, dice en voz alta mientras reacomoda los papeles de la carpeta que enseguida les extiende, como en un acto de devolución, a los dos miembros de la Junta de Indultos, quienes responden al gesto apegándose a la posición —literal— del hombre en la silla de ruedas.

Este hombre no quiere, se rehúsa a cooperar, repiten.

Este hombre, me pregunto mientras me levanto luego de dos horas para largarme de ahí, y me lo sigo preguntando, ha sido engullido por el más implacable, sofisticado, real de los dispositivos, en una secuencia de escenas que al mismo tiempo me parecen irreales e hiperreales.

Ése es, arriesgo el argumento, el efecto deseado de todo dispositivo: arrinconar a los hombres en su propio sentido de incredulidad, de sospecha y descreimiento respecto a su entorno y respecto a sí mismos.

En otras palabras: si eres un hombre pobre y de origen mexicano en Estados Unidos de América, no eres del todo un hombre; eres un infrahombre. Si eres un migrante indocumentado ya eres de facto alguien perseguido por las autoridades, no importa que tu único crimen haya sido haber cruzado una frontera y malvivir por el puñado de dólares que recibes a cambio del trabajo que los hombres blancos del país no están dispuestos a hacer. Si eres el hijo o la hija de uno de esos indocumentados y te rompes el lomo trabajando y estudiando en la universidad, ello tampoco te convierte en una persona bienvenida: de hecho tienes los días contados para que en cualquier momento te detengan y te devuelvan al lugar de donde provinieron todos quienes son como tú.

No eres quien crees ser.

Camino hacia mi automóvil mientras me repito lo anterior, mientras el todo y la nada, juntos, se van quedando atrás. Tengo frente a mí un buen par de horas para conducir de vuelta, para olvidar y recordar, para seguir en mi empeño por mantenerme a flote yo también.

La vida, se diría, sigue su curso hasta que, casi tres meses después, suena el teléfono. Son las siete u ocho de la noche y es el hermano de Edward, Ray Guerrero, quien llama para comunicarme una noticia que nadie esperaba.

Temprano, ese mismo día, los siete miembros de la Junta de Indultos que estuvieron ausentes el 9 de noviembre, escuchan las grabaciones y leen la versión estenográfica de cuanto se dijo en la audiencia pública de Edward Guerrero. Horas más tarde, los diez miembros se reúnen y deben votar si otorgarán o no el indulto y con ello proceder a dar el primer paso que podría llevar a la liberación de Edward después de más de cuatro décadas de encierro.

La decisión de la Junta, me cuenta su hermano Ray, conteniendo las lágrimas al otro lado del teléfono, arrojó el resultado mínimo que exige la ley, seis votos a favor, cuatro en contra, para que su hermano sea al fin liberado.

Lo logró, increíble, lo logró, me repite Ray, emocionado. Lo felicito, felicito a toda su familia. Desde el fondo de la noche yo también celebro a Eddie, pero evito cualquier referencia a la justicia. A Edward Guerrero ningún sistema le hizo tal, ni sus derechos fueron reivindicados por el voto a favor de seis desconocidos contra los cuatro en contra de unos soberanos sinvergüenzas.

Resultaría ingenuo pensar que su caso se resolvió por medio de algo llamado el debido proceso cuando todo en esta historia ha sido, precisamente, indebido, inmundo. El dispositivo penal y penitenciario terminó por llevarlo hasta los límites de lo (im)posible y dar, en efecto, un giro inesperado, o quizá no: quizá bajo esas reglas y estamentos —a los que estamos expuestos todos— hay que machacarle la vida a un hombre, hasta el delirio mismo, para que pueda volver a pisar las calles.

Nada tiene nunca un final. Nada tiene nunca un comienzo.

Cada quien, a su manera, vive y sobrevive en un movedizo, engañoso, punto medio.

Vivimos contra el tiempo. Contra la desesperanza.

STATE OF MICHIGAN
DEPARTMENT OF CORRECTIONS
LANSING

RICK SNYDER
GOVERNOR

HEIDI E. WASHINGTON
DIRECTOR

September 20, 2017

VIA CERTIFIED MAIL #: 9314 8699 0430 0038 9468 24
Edward Guerrero, #133491
Lakeland Correctional Facility (LCF)
141 First Street
Coldwater, Michigan   49036

RE:	Edward Guerrero, #133491
DOCKET NO:	CR-20126-4
CRIMES:	Rape (3 counts)
TERM:	Life (3 counts)
SENTENCE DATE:	July 31, 1972

Dear Mr. Guerrero:

This is to inform you that you will be considered in a Public Hearing for possible parole under the provisions of MCLA 791.234, by the Parole Board as follows:

DATE:	Thursday, November 9, 2017
TIME:	11:00 a.m.
LOCATION:	T-100 Training Center
	G. Robert Cotton Correctional Facility
	3500 N. Elm Road
	Jackson, MI 49201

Family members and friends are welcome to attend the public hearing. However, it is your responsibility to notify them of the date, time and location.

Sincerely,

Michael C. Eagen, Chairperson
Michigan Parole Board

MCE:cvw

cc: Warden Bonita Hoffner-LCF

GRANDVIEW PLAZA · P.O. BOX 30003 · LANSING, MICHIGAN 48909
www.michigan.gov · (517) 335-1426

La mala costumbre de la esperanza de Bruno H. Piché
se terminó de imprimir en abril de 2018
en los talleres de
Litográfica Ingramex, S.A. de C.V.
Centeno 162-1, Col. Granjas Esmeralda, C.P. 09810
Ciudad de México.